中公文庫

まんぷく旅籠 朝日屋

ぱりとろ秋の包み揚げ

高田在子

中央公論新社

目次

第一話　橋の向こう側　7
第二話　それぞれの傷　79
第三話　夜明け前　153
第四話　朝の光　225

「まんぷく旅籠 朝日屋」地図

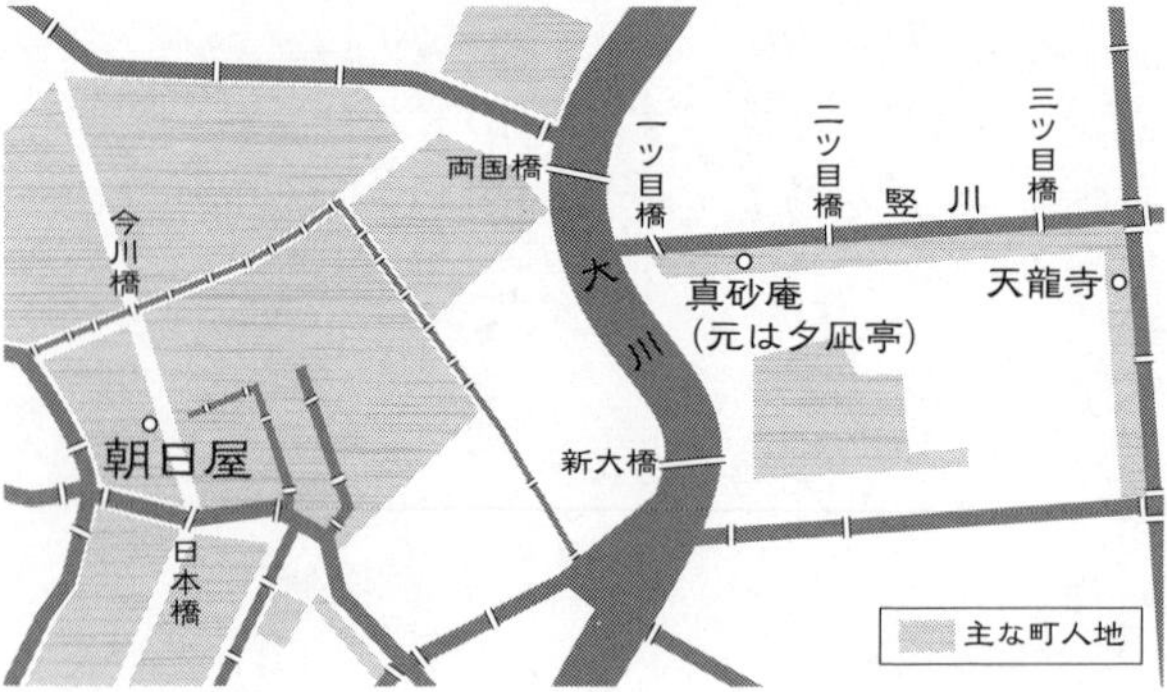

地図製作：(株)ウエイド

まんぷく旅籠 朝日屋

ぱりとろ秋の包み揚げ

第一話

橋の向こう側

荒々しい足音が近づいてきた。どぶ板を踏み抜くのではないかという勢いだ。

ちはるは四畳半の板間の隅で身をすくめた。

はがれかけた障子紙の向こうから、煙草《たばこ》と、酒と、鬢《びん》つけ油のにおいが漂《ただよ》ってくる

――大家だ。

「邪魔するよっ」

怒鳴り声が響くと同時に、腰高障子《こしだかしょうじ》が勢いよく引き開けられた。はがれかけた障子紙が、ひらりと大きく揺れる。

建てつけの悪い障子を難なく開けて顔を出したのは、やはり大家であった。

ちはるは筵《むしろ》の上で唇を嚙《か》みながら、ぐいと顔を上げる。

「もう少しだけ待ってください。店賃《たなちん》は、きっと、必ず払いますから」

大家はいまいましそうに目を細めて、ちはるを睨《にら》みつけた。

「それが人にものを頼む態度かい。ふんぞり返って、生意気な」

ちはるは拳《こぶし》を握りしめ、床に手をついた。

「どうか――お願いいたします」

ゆっくり頭を下げると、大家の乾いた笑い声が土間に響いた。

九尺二間《くしゃくにけん》の裏長屋。ちはるが部屋の奥に引っ込んでいても、戸口は目と鼻の先だ。あざ笑うような大家の息遣いを間近に感じる。煙草と、酒と、鬢つけ油のにおいも、ちはるの鼻にぐっと迫ってきた。いつもより、においが濃い。

ほんの少しだけ顔を上げて、ちはるは鼻をうごめかせた。

わずかに混じっている、甘じょっぱい香りは何だろう。醤油《しょうゆ》のたれ――みたらし団子か――いや――かすかに魚のにおいもする――鰻《うなぎ》か――？

大家は、ふんと鼻息を荒くした。

「嘘《うそ》は勘弁しておくれよ。『きっと、必ず』と言い続けて、一向に払ってくれないじゃないか。払う当てなんか、どうせないんだろう？」

ちはるは我に返った。今は大家のにおいを気にしている場合ではないと、慌《あわ》てて頭を下げ直す。

「店賃は、きっと、必ず払います。だから――」

「その台詞《せりふ》は聞き飽きたと言っているんだよ！」

頭を下げ続けるちはるの耳に、大家の声が突き刺さる。

「ふた親を亡くして、まだ日も浅い。かわいそうだから置いてやっているが、ここへ越してきてから、まだ一銭も払っていないじゃないかっ」

大家は拳を振り上げて、いきり立った。いつもより口臭がきつい。煙草と、酒と、鬢つけ油と、甘じょっぱいたれのにおいが、ちはるの顔の前でとぐろを巻いた。

うえっ――。

気持ち悪くなって、ちはるは口を覆《おお》った。

おそらく大家は夕べの酒くささをごまかそうとして、鬢つけ油を普段より多くつけたに違いない。煙草は、ついさっきまで吸っていたはずだ。そして、ここへ来る前に鰻屋へ寄ったのだろう。

口に手を当てたまま思わずじっと見つめれば、大家が眉《まゆ》をはね上げる。

「何だい、何か文句でもあるのかい」

ちはるは慌てて目をそらし、首を横に振った。だが大家は納得しない。

「不躾《ぶしつけ》に人の顔をじろじろと見て、何を考えていたんだい。気に入らないことがあるんなら、今すぐ出ていってくれて構わないんだよっ」

「いえ、そんな……」

行く当てのない身だ。出ていけと言われても困る。

「店賃も払わずに居座られたって、こっちだって困るんだよ！　今日も手ぶらで帰ったら、うちのかみさんにまた雷を落とされちまう」

大家は、ふんと鼻を鳴らす。

「かみさんに頭が上がらない男だと、わたしを馬鹿《ばか》にしているんだろう？　いつも変な目でわたしを見て」

「馬鹿にしてなんかいません！」

ちはるは口から手をはずし、大声を出した。

「あたしはただ、大家さんのにおいが気になっただけで」

大家は自分の着物に目を落とした。胸元に汚れがないか確かめるように手を当てたり、袖《そで》のにおいを嗅《か》いだりする。

「何だよ。いったい何が、におうっていうんだい」

ちはるは唇を引き結んだ。正直に言ってよいものか。

しかし受けた誤解は解かねばならぬ。

自分の思いを強く主張できなかった過去に、ちはるは囚《とら》われていた。悔やんでも悔やみきれない自責の念にあとから激しく駆られるくらいならば、これからは何でも言おうと決めたではないか。

言わずに後悔より、言って後悔だ。でなければ、また苦しむことになる――。

ちはるは背筋を伸ばして、真正面から大家を見た。

「煙草と酒と鬢つけ油のにおいが、いつもよりきついです」

ずばっと言えば、大家が「うっ」と声を詰まらせた。

「たぶん夕べ、おかみさんに怒られるほど飲み過ぎてしまったんでしょう。酒のにおいをごまかすためか、いつもより鬢つけ油を多くつけましたよね？　出がけにも叱《しか》られたのか、いらいらしながら煙草を吸って、気晴らしに鰻か何か食べていらっしゃいました？」

「黙らっしゃい！」

大家は額《ひたい》に青筋を立てて、ちはるを睨みつける。

「おまえさん、何の根拠があって、そんな」

「においです」

ちはるは即座に言い返した。

「大家さんに染みついたにおいが、あたしに教えています。においは嘘をつきませんから」

大家は、むっと眉根を寄せた。

「どれだけ鼻が利《き》くのか知らないが、かみさんに叱られたなんていうのは完全に当て推量だろう。壁の薄い長屋で、ぺらぺらと変な憶測を話すのはやめておくれっ」

ちはるは小首をかしげる。

「でも、大家さんがおかみさんの尻に敷かれているのは、長屋中のみんなが知っていますよ。さっきだって、大家さんご自身が『今日も手ぶらで帰ったら、うちのかみさんにまた雷を落とされちまう』って、おっしゃったんじゃありませんか」

「ええい、うるさい！」

大家は手を振り上げて叫んだ。

「本当に可愛げのない娘だねっ。こんな憎まれ口を叩《たた》かれるなら、この長屋に置いてやるんじゃなかったよ。まったく」

大家は癇癪《かんしゃく》を起こしたように、わめき続ける。

「哀《あわ》れな親子三人と思って、空いた部屋に入れてやったが、半年もしないうちに次々と死なれて、うちの長屋の評判もがた落ちだよ。呪《のろ》われた長屋なんて言い出す者も現れたんだ。まったく、どうしてくれるんだい！」

ちはるは、ぐっと歯を食い縛った。

「どこの誰が『呪われた長屋』なんて言ってるんですか」

ぎろりと目に力を入れて睨めば、大家はひるんだように口をつぐむ。

ちはるは上がり口まで、ずいっと膝《ひざ》を進めた。

「うちのおとっつぁんとおっかさんが、この長屋を呪っているなんて、いったい誰が言い出したんです⁉　そもそも何のために、二人がこの長屋を呪うっていうんですか」

ちはるは皮肉めいた声を大家に投げた。

「大家さんが、戸の建てつけの悪い部屋をあてがったから？　それとも、はがれ落ちそうな障子を直してくれなかったからですか。どこの誰から見ても、あたしたち親子が大家さんを恨《うら》んでいる境遇に見えたんですかねえ」

そうだと返事をするように、障子紙が風でひらんとめくれ上がった。

「それは、そのぅ……」

めくれ上がった障子紙を手で押さえながら、大家は宙に目を泳がせる。

「障子の張り替えはとっくに頼んであったんだが、まだ職人が来ないとは、おかしいねえ。戸のがたつきは、たいしたことないだろう。わたしはまったく気にならないよ。ほら、この通り――」

大家は開け放してあったままの腰高障子に手をかけた。閉めようと戸を引いたとたん、ぬっと外から出てきた手に阻《はば》まれる。

腰高障子を押さえたのは、いかにも柄の悪そうな中年男だ。色あせた着流しの前をはだけて、懐《ふところ》から匕首《あいくち》らしき物をちらりと覗《のぞ》かせている。

ちはるは顔をしかめた。

中年男から漂ってくる酒くささは、大家の比ではない。何日も風呂に入っていないような、むわっとした汗のにおい。安っぽい煙草のにおい。女の白粉《おしろい》と紅《べに》のにおい。すべてが不快に混ざり合っている。

大家が顔を強張《こわば》らせて戸口から離れた。狭い土間なので、すぐ板間の上がり口に突き当たる。大家はよろめいて、板間にどすんと尻をついた。

戸口に立った男は三人。みな人を馬鹿にしきったような薄笑いを浮かべている。ちはるの鼻先に、すえたような悪臭が押し寄せてきた。ちはるは口で息をする。

腰高障子を押さえたままの中年男を押しのけるように、でっぷり太った白髪《しらが》頭の男が敷居を踏みつけて入ってきた。

「張り替えなんざ、はなっからする気はねえだろうがよ。ちょいと開け方にこつのいる戸も、店賃の取り立てでしょっちゅう出張《でば》ってくる大家でなきゃ、なかなかすぱっとは開けられねえよ」

大家は唇を震わせながら声をしぼり出した。

「ま、また来たのかい。この長屋への借金取りの出入りは、お断りだよ」

白髪頭の男は大家をななめに見下ろして、肩をすくめる。

「こっちだって、好きで出向いたわけじゃねえんだ。用がなけりゃ、こんな辛気《しんき》くさい長屋になんか来るもんかよ」

白髪頭の男は外に向かって目配《めくば》せをする。戸口の脇《わき》で待っていた若い男が風呂敷包みを板間に置いて、またすぐに外へ出た。

白髪頭の男が上がり口の前にしゃがみ込んで、風呂敷の結び目をほどく。中に入っていたのは、二つに折られた紙の束だ。

大家は口を半開きにして、目を見開いた。

「それ全部、借金証文《しょうもん》かい……?」

白髪頭の男は楽しそうに笑って、ちはるを舐《な》め回すように見る。

「誰がどう見たって、返しきれねえよなぁ。小娘一人の細腕じゃ、どうにもならねえよ。意地を張らずに、そろそろ、わしの話に乗ったらどうだ」

腰高障子に手をかけている中年男が、顔に似合わぬ猫撫《ねこな》で声を出す。

「おれたちに任せりゃ、悪いようにはしねえぜぃ。綺麗《きれい》な着物を着せて、美味い物をたらふく食わせて、ふっかふかの布団で眠らせてやるよ。こんな貧乏長屋とは、さっさとおさらばしようぜぃ。溜《た》め込んだ店賃も、ちゃあんと片づけてやるからよぉ」

ちはるは拳を震わせて、中年男を睨みつけた。

「そんな話、誰が信じるもんか。あんたたちに任せたら、待っているのは身の破滅《はめつ》だよっ」

白髪頭の男が腰を浮かせ、ちはるの顎《あご》に手をかけた。びくりと身を震わせた拍子《ひょうし》に、うっかり鼻から息を吸ってしまって、ちはるは嘔吐《えず》きそうになった。

鼻から入ってきたにおいには香を焚いたような香りもあった。手下の二人のような汗くささはほとんどないが、その代わり、血のにおいが濃い。

男に染みついている腐臭《ふしゅう》は、死のにおいか。昨日今日こびりついたものではないだろう。

人の涙を吸った極悪のにおいが、男の体の芯《しん》から漂ってくる気がした。

肌に触れる太い指も気色《きしょく》悪い。大きな芋虫《いもむし》が顎にへばりついているようだ。ちはるは顔をそむけようとしたが、ぐいっと強い力で上を向かされる。

濁《にご》った沼のような目が、ちはるをじっと見ていた。

「気の強い娘は嫌いじゃないよ。弱いのは、すぐに死ぬからつまらない」

ちはるはごくりと唾《つば》を飲んだ。ちはるを見つめる濁った目の奥に、魑魅魍魎《ちみもうりょう》がうごめいている気がした。

「弱い者を強くするのは大変だが、強い者を弱くするのは簡単さ。ぽっきり心を折ってやればいいんだからな」

腹の底から込み上げてくるような悪寒が、ちはるの全身を駆け巡る。

「そうだなあ、若い女子《おなご》ならやっぱり、男たちに体を汚させるのが手っ取り早いかねえ。ああ、決して死なせやしないから安心おし。いざとなったら、とろんと正気を失う薬をくれてやるから」

ちはるは総毛《そうけ》だった。

この男の手に落ちたら、骨の髄《ずい》までしゃぶりつくされてしまう——皮も肉もすべて剝《は》ぎ取られ、干《ひ》からびた骨まで砕かれてしまうような恐ろしさが、ちはるを襲った。この男から逃れる術《すべ》はないのか。

顎をつかんでいた手が、ちはるの頬《ほお》を撫で回す。嫌悪と恐怖に叫び出したくなる衝動《しょうどう》を、ちはるはこらえた。

何とか気を強く持ち直して、ちはるは言い放つ。

「おとっつぁんが金を借りたのは、一度だけだって聞いてる。何枚も証文があるのは、絶対におかしい」

断言すると、白髪頭の男は面白いものを見たように目を細めた。

「おとっつぁんが、おまえに嘘をついたんだろう。一度だけのつもりが、二度、三度――借りる額も、どんどんでかくなっていく。よくある話さ。証文を見りゃわかる」

ちはるは歯を食い縛り、拳で殴《なぐ》りつけるように男の手を振り払った。

「証文が嘘をついてるってこともあるでしょう！　こんな紙っ切れ、あんたたちなら、どうとでもできるでしょうよっ」

男は白髪頭をかきながら立ち上がり、首をかしげる。

「わしが証文を偽造《ぎぞう》したとでも言うのかい。その証《あかし》は？　町方の旦那《だんな》に確かめてもらってもいいんだよ」

戸口で待っている男たちが、ぐひひと嫌な声を上げて笑う。明らかに、町方の旦那に訴えても無駄だと高をくくっている。

ちはるはうつむいた。

おそらく目の前にいる男たちは、幾人《いくにん》もの岡《おか》っ引《ぴ》きや同心《どうしん》に袖の下を握らせているのだろう。ちはる一人では、とても太刀《たち》打《う》ちできない。

だが、それでも身に覚えのない借金まで認めるわけにはいかなかった。認めたら最後、地獄《じごく》の底なし沼に沈んでしまう。

ちはるの両親を陥《おとしい》れた罠《わな》がどんなに狡猾《こうかつ》であったとしても、きっと抜け道はあるはずだ。その抜け道をふさぎきれずにいるから、借金取りたちは手荒な真似《まね》をしてまで強引に、ちはるを連れていけないのではないか。

そこに賭《か》けるしかない——ちはるは膝の上で両手を握り固めた。

「この証文をお奉行所《ぶぎょうしょ》へ持っていって、お奉行さまに確かめてもらう」

目の前にいる男たちも、まさか町奉行までは手を回せまいという一心で、ちはるは告げた。しかし最後の頼みの綱を断ち切るように、白髪頭の男は喉《のど》の奥でくっと笑う。あとの二人も腹を抱えて大げさに笑い出した。

「馬《ば》っ鹿《か》だなあ。おめえみてえな小娘が行ったたって、奉行に会えるわけねえだろう」

「それに、一度きりだろうが何だろうが、おめえの父親がうちの旦那から金を借りた事実は消えねえんだぜ。お白洲《しらす》の上で、ちゃんと金を返せと仕置きされてえのか？　あはは——」

不意に笑い声がやんだと思ったら、聞き慣れぬ声が飛び込んできた。

「奉行所へ行くまでもねえ。おれが証文を確かめてやるよ」

ちはるは顔を上げた。

腰高障子に手をかけていた中年男が苦悶《くもん》の表情を浮かべている。

中年男の手をつかんでいるのは、こざっぱりとした鉄紺《てっこん》の着流しをまとった男だ。年の頃は二十七、八か。三十は超えていないように見える。悪臭は漂ってこない。

戸の外で呆然《ぼうぜん》としていた若い男が、はっと我に返った顔で拳を振り上げた。

「てめえ！　兄貴を放しやがれっ」

鉄紺の男は振り向きざまに、つかんでいた中年男を突き放す。勢いよく殴りかかろうとしていた若い男の拳は、中年男の顔面にめり込んだ。

「あうぅっ」

中年男が地面に崩れ落ちる。思わぬ形で「兄貴」を殴ってしまった若い男は、顔面蒼白《がんめんそうはく》になった。慌てて地面にしゃがみ込む。

「兄貴、すいやせん！　大丈夫ですかいっ⁉」

地面に倒れた中年男はうめき声を上げるだけだ。

白髪頭の男が鋭い殺気《さっき》を戸口に飛ばす。

「てめえ、誰だ⁉」

戸口に向き直った鉄紺の男は着物の裾《すそ》を風に揺らして腕組みをする。

「工藤怜治《くどうれいじ》ってもんだ」

ちはるは息を呑《の》んだ。

この男が工藤怜治か——！

死んだ父から何度も聞かされた名だが、ちはるが会うのは初めてだ。

白髪頭の男が片眉を吊《つ》り上げた。

「火付盗賊改《ひつけとうぞくあらため》の狂犬——いや、今は武士の身分を捨て、ただの町人となっていたんだったな」

ちはるはとっさに口を押さえた。驚きのあまり、叫んでしまいそうになる。

工藤怜治が武士の身分を捨てた——それは、いったい、いつのことだ⁉

ちはるは口を押さえたまま深く息を吐き、また吸って、どくどくと騒ぐ胸を落ち着かせようと努《つと》めた。

「何かあったら工藤さまを頼る」と父は言っていたが、いざ頼りたい時には行方《ゆくえ》がわからず、頼れなかったのだ。それがなぜ、今頃になって、ここへ現れたのか。

ちはるは横目で怜治を見た。白髪頭の男も、ねっとりと探るような眼差《まなざ》しを怜治に向けている。

怜治は笑って、ふたつの眼差しを首を振って交互に受けた。

「へえ。二人とも、おれを知ってんのかい」

怜治は敷居をまたいで、白髪頭の男に歩み寄った。でっぷり太った白髪頭の男の腹に体が触れる寸前で、ぴたりと足を止める。

「それにしても、ずいぶん耳が早《はえ》えな。『本所《ほんじょ》の白狸《しろだぬき》』さんよぉ。あだ名とは裏腹に、腹ん中は真っ黒らしいじゃねえか」

息を吹きかけるように唇をすぼめて、怜治は白髪頭の男に顔を寄せる。

「親からもらった名は、留五郎《とめごろう》ってんだったな」

白髪頭の男は眉根を寄せて、小さく舌打ちした。どうやら留五郎という名は、普段使っていないらしい。借金の取り立てに来る男たちが、ちはるに名乗ったことは、一度たりともなかった。

怜治は留五郎から顔を離すと、にやりと笑って続ける。

「おまえさん、口入屋《くちいれや》を営む裏で、あこぎな金貸しをやっているんだろ。馬喰町《ばくろちょう》の公事宿《くじやど》に出入りしている公事師とも、仲がいいんだってなぁ」

公事宿とは、訴訟《そしょう》や裁判のために地方から江戸へ来た者を泊める宿である。訴状の用意や、訴訟の手続きなど、訴訟人の補佐を公《おおやけ》に認められている。

本来であれば公事宿が行うべき諸々の仕事を請け負う者を公事師という。弁が立つ浪人《ろうにん》や、町役《まちやく》上がりが多いようである。訴訟人の偽称《ぎしょう》など、公事師が絡《から》む揉《も》め事も多く、こちらは公には認められていない。

怜治は留五郎を押しのけて、風呂敷に包まれていた紙を一枚手に取った。上がり口の前まで来ても、やはり怜治からは悪臭が漂ってこない。

「あれえ？」

怜治が素《す》っ頓狂《とんきょう》な声を上げた。

「一番新しい日づけが今年の如月《きさらぎ》（旧暦《きゅうれき》の二月）二十日とは、おかしいじゃねえか。こりゃあ、ちはるたち親子三人が夕凪亭《ゆうなぎてい》を追い出されたあとの日づけだぜ。なあ留五郎、この借金証文はおかしいんじゃねえのか」

留五郎は苦虫を噛み潰《つぶ》したような顔で天井を仰いだ。

「おかしいのは、てめえの頭だろう。その娘たちがこの長屋へ越してきた日にちを、なぜ、てめえが知っているんだ。その頃てめえは、まともに動けなかったはずだぜ」

「へえ、よく知ってんなあ。さすがは『本所の白狸』さんだ」

怜治は感心しきりの表情で、ひらひらと紙を宙に揺らした。

「あちこちに目と耳を持っているようだが、おれの様子を誰に聞いた？　そいつが嘘をついているとは思わねえのか」

留五郎のこめかみが、ぴくりと動く。怜治は、ふっと浅く笑った。

「おれのこの恰好《かっこう》を見て、『ああ、工藤怜治は確かに町人になっていた』と思ったんだろうがよぉ。この町人髷《まげ》も、腰から外した刀も、すべて芝居《しばい》だったらどうする」

留五郎は気を静めるように、ゆっくりとまばたきをした。

「本当は武士の身分を捨てておらず、酔狂《すいきょう》で町人に身をやつしているとでも言うのか？」

怜治は鼻先で軽く笑う。

「酔狂で町人姿になるはずがあるかよ。火盗改《かとうあらため》が変装するとしたら、理由はひとつだぜ」

ちはるは小首をかしげながら怜治を見やる。怜治は鼻歌でも歌い出しそうな表情で、手にした紙を留五郎の顔の前にかざした。

留五郎が小さく唸《うな》る。

「つまり、今もお勤めの最中だと言いてえのか」

「どうだろうなぁ」

怜治はぐるりと首を回して、留五郎に背を向けた。風呂敷の上の紙をもう一枚取ると、素早く一瞥《いちべつ》する。

「これも日づけがおかしいなぁ」

怜治は次々と紙に目を通していく。

「これは借り主の名が違うじゃねえか。ちはるの父親は『千太郎《せんたろう》』だが、この証文には『壬太郎《じんたろう》』と書いてあるぜ。――おっ、これも『壬太郎』だ」

留五郎は、ふんと鼻を鳴らす。

「間違えて持ってきちまったんだろう」

「へえ。じゃあ、これも間違いなんだな」

怜治は紙の束を留五郎に突き出した。

「それ全部、千太郎とは違う名だぜ。まさか別人の借金まで、ちはるに押しつけようとしたわけじゃねえよなあ？」

留五郎はしかめっ面で紙の束を引ったくる。

「この長屋を出たあと、まだ取り立てるやつらがいるんだよ！　そいつらの証文も、同じ風呂敷に包んできただけじゃねえか」

怜治は探るような目で、留五郎の顔をじっと覗き込んだ。

「それじゃあ借金証文の嵩増《かさま》しで、いたいけな小娘をびびらせようとしたわけじゃねえんだな？」

「あたりめぇよ」

と言いながら、留五郎の顔は悔しそうにゆがんでいる。

怜治はしたり顔でうなずいた。

「そりゃあよかった。『本所の白狸』さんは、堅気《かたぎ》の娘を脅《おど》すような、けちな真似はしねえんだなぁ」

怜治は何枚かの紙をまとめて、びりびりと破《やぶ》き出した。

「てめえっ、何しやがる！」

留五郎が右手で怜治の襟《えり》をつかみ上げた。左手は、さっき引ったくった紙の束をしっかりと握っている。

怜治はけろりとした顔で、留五郎の右手首をつかんだ。

「ぐっ――」

留五郎の顔が強張り、右手がぶるぶると震え出す。怜治はにやりと笑った。留五郎が怜治の襟から手を放す。

怜治は乱れた襟元を直すと、留五郎に真正面から向き直った。

「何だよ。間違った証文を破いてやっただけだろう。取っておくと、まぎらわしいからよぉ」

怜治は風呂敷の上に残っていた数枚の紙をつかんだ。

「証文として使い物になるのは、これと、これ――」

怜治は二枚を小脇に挟んで、残りを破り捨てた。留五郎のこめかみが、ひくひくと動いている。

「だが、この一枚は気に入らねぇなぁ」

怜治は脇の下から一枚を取り出して、じっと見つめた。

「ほら、千太郎の名が書かれたところに、別の名が重なっているだろう」

促《うなが》されて、ちはるも紙を覗き込む。安っぽい墨と紙のにおいが鼻先に漂ってきた。

「こりゃあ、上か下に置いた紙の字が写ったんだろうなぁ。墨が乾ききらねえうちに、二枚の紙を重ねちまったんだろうよ」

はっきりと見えるその文字に、ちはるは愕然《がくぜん》とした。父の名と重なっているのは、ちはるもよく知っている男の名だ。

「久馬《きゅうま》――！」

ちはるの頭に、かっと血が上る。

「何で、久馬の名がここに⁉」

ちはるはとっさに怜治の顔を見た。

「久馬は、おとっつぁんとおっかさんを騙《だま》した男だ！　うちをめちゃくちゃにして、乗っ取った男だよっ」

上がり口で両足を踏ん張り、ちはるは叫んだ。

「久馬がうちに来たせいで、夕凪亭は、お客の信用を失ったんだ。近所のみんなが、おとっつぁんの料理を喜んでくれていたのに。毎日食べにきてくれる常連さんだっていたのに。久馬が全部、ぶち壊したんだっ」

ちはるは肩で息をつきながら、唇をわななかせた。

怜治が静かに留五郎を見すえる。

「本所松井町《まついちょう》一丁目にあった料理屋、夕凪亭の雇《やと》われ料理人、久馬――今は夕凪亭を改装して新しく開いた料理屋、真砂庵《まさごあん》の主《あるじ》だが――そいつも、おめえんとこから金を借りてんのか？　千太郎の証文の上か下に置いてあったのは、久馬の借金証文か。久馬が勝手に千太郎の名を使って、多額の金を借りてたってことはねえか」

留五郎は仏頂面で怜治を睨みつける。

「知らねえなあ。久馬って名の客は、何人かいたかもしれねえがよぉ」

「そうかい、覚えがねえかい」

怜治は紙を折り畳んで懐にしまった。

「だが、この証文は怪しいぜ。信用できねえから、火盗改の柿崎詩門《かきざきしもん》に預けて、調べてもらおう」

留五郎の目が鋭く尖《とが》った。人を刺しかねないような剣呑《けんのん》な光を放っている。

怜治はへらりと笑った。

「覚悟しとけよ。火付盗賊改の詮議《せんぎ》と聞けば、鬼《おに》も怯《おび》えて小便《しょうべん》漏らすっていうからな」

火付盗賊改――略して火盗改は、放火《ほうか》、盗賊《とうぞく》、博打《ばくち》を取り締まる公儀《こうぎ》の役職である。

町奉行所が手を出せない武士や僧侶《そうりょ》なども、身分を問わずに追って捕縛《ほばく》し、手荒い取り調べを行うことで世に知られている。苛烈《かれつ》な拷問《ごうもん》で罪人を自白へ追い込むのだが、厳しい責《せ》め苦《く》に耐えかねて、無実の者も罪を認めてしまうという。

また、火盗改は凶悪な罪人たちを相手にすることが多いため、追跡中の斬《き》り捨ても許されている。

留五郎は眉間《みけん》に深くしわを寄せて、怜治から目をそらした。

「はったりを噛ますんじゃねえよ。町人に変装して咎人《とがにん》を追っている最中だというんなら、懐にしまったその証文だって、てめえが自ら詮議すりゃいい話さ。柿崎さまに預ける理由なんてねえはずだ。やっぱり、てめえは、すでに武士じゃねえんだろう」

吐き捨てるように言う留五郎の肩を、怜治は悠然《ゆうぜん》と叩いた。

「じゃあ詩門に確かめてみな」

留五郎の目が躊躇《ちゅうちょ》するように宙をさまよった。怜治は満足そうに口角《こうかく》を引き上げて、脇の下に挟んであった紙を取り出す。

「これが本物の証文だとすると――やっぱり借りた金は返さなきゃならねえよなぁ」

ちはるは唇を噛んで、うつむいた。

借りた金は返さなきゃならねえ――至極《しごく》まっとうな意見だ。

だが、いつの間にか膨《ふく》れ上がっていた法外《ほうがい》な利息《りそく》で、借金は何倍にもなっている。残った借金証文がたった一枚だとしても、やはり、ちはるには返せない。

留五郎が気を取り直したように笑った。

「五十両だ。びた一文まけられねえよ。金を返せなきゃ、娘の体で返してもらうだけさ」

ちはるの上に絶望が降り注ぐ。

もう終わりだ……。

五十両など、今のちはるに払えるはずがない。米や味噌《みそ》を買う金すら、もうないのだ。

やはり、ちはるは一生、女郎屋《じょろうや》の中で飼われ続ける運命なのか。

そして梅毒《ばいどく》にでも罹《かか》って、客を取れなくなったら、捨てられるのだ。死んだら、投《な》げ込《こ》み塚《づか》か。両親と同じ墓には入れてもらえまい。

ちはるの瞼《まぶた》の裏に、本所菊川町《きくかわちょう》二丁目の天龍寺《てんりゅうじ》が浮かぶ。両親を弔《とむら》ってくれた寺だ。住職である慈照《じしょう》の美しい法衣《ほうえ》姿を思い出すと、ちはるの目に涙がにじんでくる。

幼い頃から、慈照には優しくしてもらった。店で仕事に追われる両親に代わって、ちはるに読み書きや繕《つくろ》い物を教えてくれたのも慈照だった。

ずっと慈照に憧れていた。観音《かんのん》さまのように麗《うるわ》しく優しい慈照に褒《ほ》めてもらえると、天にも昇る心地だった。「お食べ」と言って差し出してくれる菓子を一緒に頬張る時は、夢心地だった。

けれど、もう会えない――。

雇った料理人に騙されて、父は営んでいた料理屋を乗っ取られてしまった。何とかしようともがく中で、一度だけ金貸しに金を借りたが、悪い流れは断ち切れなくて、両親は失意の中で死んでゆき、多額の借金とともに、ちはる一人が残された。

なぜ、こんな目に遭《あ》うのか。ちはるが、いったい何をしたというのだ。

時を巻き戻せるならば、久馬を雇い入れる前に戻りたい。親子三人で夕凪亭を切り盛りしていた、あの幸せだった頃に――。

留五郎の下卑《げび》た笑い声が、ちはるに絡みつく。

「観念しな。人生、あきらめが肝心だぜ」

「じゃあ、おれが買うよ」

留五郎の言葉をさえぎって、怜治の声が部屋に響き渡った。

「ちはるの人生は、おれが買ってやる」

顔を上げれば、まっすぐに見つめてくる怜治の力強い目とぶつかった。

ちはるを見つめたまま、怜治は懐に手を入れる。取り出したのは、小さく折り畳んだ半紙だ。

「十両入ってる」

怜治は半紙で包んだ十両を留五郎の前に突き出した。留五郎が、むっと顔をしかめる。

「ふざけるな。借金は五十両だぜ」

「利息は帳消しにしろよ」

怜治は留五郎の手に金の包みを押しつけた。

「偽造した証文を交ぜて持ってきたの、黙っててやるからよぉ」

怜治は強引に留五郎の手を開くと、金の包みを無理やり握らせた。

「叩けば、いくらでも埃《ほこり》の出てくる身だろう。下手《へた》に揉め事を起こさねえほうがいいと思うがなぁ」

留五郎は渋面《じゅうめん》で、自分の手の中の包みを見つめた。怜治が幼子《おさなご》をあやすように、留五郎の背中をさする。

「千太郎が借りた金は十両。これで全部返した。文句はねえな？　もしあるんなら、これから、おれと一緒に火盗改のお頭《かしら》の屋敷へ行こうぜ。どんな手順で証文を作ったのか、じっくり体に聞いてやるよ」

火付盗賊改の役宅は、頭の拝領屋敷に置かれており、そこに白洲や吟味席、拷問部屋などもある。

留五郎は渋面のまま、黙って金の包みを懐にしまった。怜治は満足そうにうなずく。

「ちはるには金輪際《こんりんざい》、近づくんじゃねえぞ」

怜治は留五郎に見せつけるように、ゆっくりと最後の一枚を破り始めた。

ちはるたち親子を苦しめていた紙が、どんどん小さくなっていく。紙に書かれた文字は細かくちぎられ、父が死ぬまで悔いていた借金が消えていく。

ちはるは手妻《てづま》でも見ているような心地で、怜治の手元を見ていた。

破り捨てられた借金証文が、ただの紙屑《かみくず》となって土間に積もる。

開け放たれたままの戸から入ってきた風にあおられ、ちぎれた紙片たちは吹雪《ふぶき》のように宙に舞った。

留五郎はいまいましそうに顔をゆがめて、風に舞う紙片から目をそらす。

「てめえ、このままただで済むと思うなよ」

どすの利いた留五郎の声に、怜治はただ笑った。

留五郎は舌打ちをして、乱暴に風呂敷をつかむと踵《きびす》を返した。荒々しい足取りで部屋の外に出ると、まだ地面に倒れていた中年男を蹴《け》り飛ばす。

「いつまで寝ていやがるんだ！　帰るぞっ」

「へ、へいっ」

みっつの足音が、どぶ板を踏み鳴らして去っていく。

戸口の向こうに目を向けていた怜治が、上がり口に座り込んだままでいた大家を振り返った。大家は「ひっ」と小さな悲鳴を上げて、姿勢を正す。

「さて、店賃だったな」

大家は首振り人形のように、こくこくとうなずいた。

「いくら溜まってるんだ？」

大家は指を折りながら数える。

「ええと、ひと月の店賃が五百文なんで——一両です」

怜治は眉間にしわを寄せて、大家を睨む。

「ちょっと待て。何で一両なんだよ。今は葉月《はづき》（八月）だぜ。ちはるたちが越してきたのは如月だから、一両になるはずがねえだろう」

　大家は唇を尖らせて、怜治を睨み返した。

「米や味噌の代金も立て替えてやったんですよ。それと、ふた親の薬代もね。——ちょいとお待ちください」

　大家はいったん出ていくと、そろばんと帳面を手にして駆け戻ってきた。

「ほら、ここにちゃんと書きつけてあるでしょう」

　上がり口で帳面を開いて、大家はそろばんを弾《はじ》いた。

「どうです、間違ってないでしょう?」

　大家は胸を張って、そろばんを怜治に見せた。怜治は眉根を寄せて、帳面を指差す。

「ここ、二回続けて足したぜ。それと、ここも間違ってた」

「えっ」

　大家は目を見開いて帳面を凝視《ぎょうし》した。怜治が慰《なぐさ》めるように大家の肩を叩く。

「帳面のつけ方が、ちょいとわかりづらかったな。最初から、読み上げてみな」

　大家は素直にうなずいて、帳面の数字を指で追いながら読み上げていく。今度は怜治がそろばんを弾いた。

「ほら、どうだ。一両で釣りがくるだろう」

大家はもう一度そろばんを弾き直して、納得顔になった。怜治が袖の中から一両を取り出して、大家に渡す。

「では、釣り銭を――」

大家が帯に下げた巾着《きんちゃく》に手をかける。その手を怜治が制した。

「釣りはいらねえよ。立て替えてもらった米や味噌の代金に、利子をつけてなかったじゃねえか」

大家は、むっと顔をしかめる。

「借金取りなんかと一緒にしないでおくれ。ちゃんと払ってもらえれば、こっちはそれでいいんだから」

大家は巾着の中に一両をしまうと、釣りを取り出して怜治に突き出した。怜治は苦笑しながら受け取る。

大家が、ちはるを振り返った。

「このまま、ここに住むんなら、来月また店賃をもらいにくるよ。あんたは払いが不安だから、月払いさ。出ていくんなら、今月末までに引っ越しを済ませておくれ」

ちはるがうなずくと、大家は敷居をまたいで足早に帰っていった。

怜治が腕組みをして、ちはるに向き直る。

「さて、おれたちも行くぞ」

「どこに」

「日本橋室町《むろまち》三丁目の、朝日屋《あさひや》さ」

ちはるは眉間にしわを寄せて首をかしげる。

「朝日屋……？」

怜治は後ろ頭をかいた。

「知らねえか？　まあ、先月できたばかりの小さな旅籠《はたご》だから、無理もねえがよ。おまえはこれから、朝日屋で働くんだ」

ちはるは胸の前で拳を握り固めた。

借金の肩代わりをしてもらったからには、言われた通り、そこで働くしかあるまい。しかし、旅籠とは――。

「あたしは飯盛《めしも》り女になるの？」

飯盛り女は旅籠で給仕をする女であるが、客の求めに応じて色も売る。公儀黙認の私《し》娼《しょう》である。

やはり金に換えられるのは我が身だけかと、ちはるは重い息をつく。

怜治は顔をしかめた。

「早とちりするなよ。朝日屋に飯盛り女は置かねえ。朝日屋は、美味い料理で客を呼ぶんだ」

美味い料理で客を呼ぶ——ちはるの脳裏に、夕凪亭で包丁を握る在りし日の父の姿が浮かんだ。

「おまえは朝日屋の調理場で働くんだ」

怜治が静かに、ちはるを見すえた。

「千太郎に仕込まれて、おまえも夕凪亭の調理場に入っていたんだろう？　おまえの鋭い鼻は夕凪亭の料理に不可欠だと、千太郎が自慢してたぜ。女だが、いずれ自分の跡を継がせて店を任せるんだと、嬉しそうに言ってた」

ちはるは唇を震わせた。

「おとっつぁん……」

調理場の仕事を任せてもらっても、いずれ自分は婿《むこ》を取って、その男に店を預けるものだと思っていた。だから、ちはるが店の調理場で働き続けることを認めてくれる男でなければ、婿に迎えないと決めていたのに。

父が、ちはるを跡継ぎにしようと考えてくれていたなんて——。

父との思い出が走馬灯《そうまとう》のように頭の中を流れていく。

初めて父に包丁の握り方を教わったのは、まだ十《とお》にもならなかった頃だ。切ったのは確か胡瓜《きゅうり》だったから、あれは夏のことだったか——。

はらはらした様子で心配そうに目を細めて、ちはるの手元をじっと見つめていた父の表情を、今でもまだ覚えている。よそ見するなと叱られながら、不ぞろい過ぎて店に出せない胡瓜の輪切りを、ちはるは大量に作り続けたのだった。

その日の夕食は、胡瓜とわかめの酢の物だった。魚も肉も使っていないので、天龍寺へ届けて、慈照にも食べてもらった。

「何だよ、すぐに室町へ来られねえ事情でもあるのか？」

怜治の声に、ちはるは引き戻された。

楽しかった昔は一瞬で記憶の彼方へ飛んでいき、自分が今いる場所は薄暗い貧乏長屋なのだという現《うつつ》が目の前に広がった。

ちはるは目を伏せた。硬い板間に敷かれた筵《むしろ》のぼろさに泣きたくなる。

怜治が狭い部屋の中をぐるりと見回した。

「まとめる荷物もろくにねえだろうが――挨拶《あいさつ》しておきたいやつでもいるのか」

すぐに慈照の顔が頭に浮かんだ。両親の墓の件もある。日本橋へ行く前に、やはり挨拶をしておいたほうがよいだろうか……。

ちはるの耳に、ふと留五郎の声がよみがえる。

――火付盗賊改の狂犬――いや、今は武士の身分を捨て、ただの町人となっていたんだったな――。

ちはるは怜治を見上げた。

確かに、以前は火盗改の同心だった。だが、今は——？

この男の思惑が、ちはるには読めない。

工藤怜治はまだ武士なのか、それともすでに武士をやめているのか、それすら正確につかめていない。

ちはるは口を開いた。

「あんた、いったい——」

「仕方ねえなあ」

正体を問おうとしたちはるの声を、怜治がさえぎった。

「それじゃ、明日また迎えにきてやるから。挨拶すべき者には、ちゃんと会っておけ」

ちはるの返事を待たずに、怜治は踵を返す。

「あ、待って——」

「逃げるなよ？」

戸口で振り返った怜治の言葉に、ちはるは声を失った。

逃げる——？　いったい、どこへ——。

ちはるは無言で顎を引いた。

逃げる場所なんて、どこにもないじゃないか。

ちはるは歯を食い縛った。

旅籠でどんな仕事をさせられるのか――本当に台所働きだけで済むのか――工藤怜治という男の正体も、何もかもわからないことだらけだが、嫌だからといって逃げ込める場所など、ちはるには江戸中どこを探してもないのだ。

留五郎に連れていかれるよりは断然ましだろうと自分に言い聞かせ、怜治についていくしかないと心を決める。

「じゃあ、また明日な」

怜治は口角を引き上げて、足早に去っていく。

今の身分が武士か否かを問いただす気力も失せて、ちはるは怜治を呼び止めぬまま、ただ遠ざかっていく足音をじっと聞いていた。

足音が完全に聞こえなくなってから、部屋の中を眺め回して、大きなため息をつく。

狭くて薄暗い長屋の次は、先月できたばかりの小さな旅籠か――。

いつか夕凪亭に帰りたいと願っても、夕凪亭はもうない。

女一人で生きていくためには、這《は》いつくばって、泥水をすする覚悟を持たねばならぬのだ。

ちはるは目を閉じた。

生まれ育ったこの町に別れを告げねばならぬと観念して、震える拳を叱咤《しった》する。

ちはるは本所松井町一丁目の長屋を出て、東へ向かった。山城橋《やましろばし》を渡り、ひたすらまっすぐ東へ進む。右手には武家地、左手には町人地が続いている。

林町《はやしちょう》、徳《とく》右衛《え》門町《もんちょう》を通り過ぎ、大横川《おおよこがわ》の手前を右へ曲がると、本所菊川町一丁目だ。大横川沿いに細長く伸びている町で、大横川と竪川《たてかわ》が交わる場所からも近い。

大横川の土手に繋《つな》がれている小船を左手に眺めながら、ちはるは町家が続く通りを南下した。静かだ。大横川の向こうには、武家地が続いている。その反対側の、竪川から小名《おな》木川《ぎがわ》の間を繋ぐように流れている菊川の向こうにも、武家地が広がっている。

川と武家地に挟まれた町家の中を、ひっそりと西へ延びる石畳の小道がある。ちはるは石畳を進んだ。少し進むと、右手に山門が見えてくる。

扁額《へんがく》に記された文字は、天龍寺——曹洞宗《そうとうしゅう》の、こぢんまりした寺である。扁額の周りには、訪れる者を見下ろすような恰好の龍の彫り物がぐるりと施されていた。

山門をくぐれば、まっすぐ延びた石畳の向こうには小さな本堂が静かにたたずんでいる。向拝《こうはい》の水引虹梁《みずひきこうりょう》に施されているのも、やはり龍だ。天龍寺の名を表すかのごとく、本堂の屋根の下にどっかり鎮座した大きな龍が身をくねらせながら、ぎろりと辺りに目を光らせていた。

本堂の右手には庫裡《くり》が、左手には墓地がある。

ちはるは両親が眠る墓地へ向かった。

一歩進むごとに、華やかな甘い香りが濃くなってくる。前方の百日紅《さるすべり》を見て、ちはるは目を細めた。

天龍寺の墓地は常緑の木々に囲まれているが、死者たちを優しく包み込むように枝葉を伸ばす木々の中には、鮮やかな紅色の花をつけた百日紅も交じっていた。

四季折々に咲く花木を墓地に植えたのは、前住職の慈英《じえい》だという。花を手向《たむ》けてくれるような縁者のない死者たちの魂《たましい》も慰めたいという心配りだったらしいが、花一本を買う余裕すらない今のちはるにとってもありがたかった。

きっと天龍寺の花木は、ちはるの両親の魂も慰めてくれることだろう。ちはるが墓参りに来られなくなったとしても、現住職の慈照が時々経を上げてくれるはずだ。

ちはるは両親の墓前にしゃがみ込んで、手を合わせた。

「おとっつぁん、おっかさん、あたしは室町へ行くことになったよ。朝日屋って旅籠だってさ」

墓石に語りかけると、涙声になってくる。

「いつか夕凪亭を取り戻すって約束は、もう無理みたい……」

ちはるの目から涙がこぼれた。ぽたり、ぽたりと雫《しずく》が胸元に落ちる。

「あたしが何とかしてみせるって、偉そうに豪語してたのに――ごめんね」

目から溢《あふ》れ出る涙は川のように頬を伝《つた》う。ちはるは両手で顔を覆った。

目を閉じれば、床《とこ》に臥《ふ》せった両親の青ざめた顔がくっきりと浮かぶ。

久馬を信じた自分たちが馬鹿だったとくり返し、両親は泣き濡《ぬ》れていた。

去年の霜月《しもつき》（十一月）、秋まで続いた疫病《えきびょう》で妻子を亡くしたと言って、久馬は夕凪亭にやってきた。幼い子供と妻の看病にかかりっきりになり、それまで勤めていた居酒屋から暇《ひま》を出された——自分には包丁を握るくらいしか取り柄がないので、また料理を作る仕事がしたい。どうか夕凪亭で雇ってはくれまいかという訴えに、ちはるの両親は同情した。ちはるとて気の毒だと思っていた。

だから受け入れた。

久馬は父に従順で、懸命に台所仕事をこなしていた。青物（野菜）や魚の扱いは丁寧で、包丁の腕前もよい。客への愛想もよく、ちはるに対しても親切な態度だった。

しかし今年の睦月《むつき》（一月）になってすぐ、夕凪亭の料理は嘘だらけだという噂が広まり、あっという間に店が立ち行かなくなると、久馬の態度は豹変《ひょうへん》した。

いつも穏やかだった常連客たちも激しい剣幕《けんまく》になって、夕凪亭で公言していた食材の仕入れ先はまったくの別場所なんだろうと、次々に文句を言い出した。

——千住葱《せんじゅねぎ》だ、内藤唐辛子《ないとうとうがらし》だって言って店に出していた青物は、みぃんな本所の四ツ目《よつめ》橋《ばし》近くの畑で採れたもんだって話じゃねえか。肥料のつもりで、犬猫の糞《ふん》をばら撒《ま》いて、いい加減に作らせた安い青物を使って、料理の儲《もう》けを出してんだってなぁ——。

――まったく、すっかり騙されてたぜ。夕凪亭の料理を美味いと思って食ってたがよぉ。裏を聞いて、ありがたみも失せちまったぜ。こちとら、まっとうな青物で作った料理を食いてえのよ――。

――魚だって、売れ残りの傷《いた》んだやつを使ってたんだろう――。

ちはるは墓石の前に泣き崩れた。

「違うって、どうして信じてもらえなかったんだろうね。何で、みんな、久馬の話なんか信じちゃったんだろう」

やがて、夕凪亭が闇《やみ》商人から異国の食材を仕入れているという噂まで立った。

火盗改を名乗る武士たちが頻繁に夕凪亭を訪れ、父を質問攻めにした。怒鳴ったり、店の皿を割ったり、ひどく乱暴な聞き込みだった。

火盗改が来ると、ちはるは店の二階へ引っ込むよう両親に言われ、階下の物音にただ身を震わせるしかできなかったが――突然わけのわからない状況に襲われて、くらりと目まいがした。

火盗改の同心にも、話のわかるお人はいるみたいだ――父はそう言って、工藤怜治のことだけは悪く言わなかった。実際、怜治のおかげで、父は拷問部屋に引っ立てられずに済んだのだという。

しかし、いったん広まった悪評は消えず、夕凪亭から客足が途絶えた。

何とか店を立て直そうとして、父は留五郎から一度だけ借金をしてしまったのだが——ってていた。

それが久馬の勧めだったと、ちはるが聞いた時には、もう何もかも取り返しがつかなくなっていた。

久馬は歳末の掛け取り（集金人）たちに、新年からの取り引きを断ると勝手に告げていた。八百屋も、魚屋も、米屋も、乾物屋《かんぶつや》も、みな夕凪亭が店を畳むと聞いて、あっさり納得したという。

どういう了見で勝手な真似をしたのかと、父が久馬を問い詰めれば、久馬はしれっと言い放った。

——実際、店を畳むしかねえだろう。夕凪亭は終わりだ。馴染《なじ》み客たちは、おれが開く新しい店で引き受けてやるから、安心しな——。

ちはるたちは愕然とした。久馬は最初から店を乗っ取るつもりで、夕凪亭に入り込んできたのだ。幼い子供と妻を疫病で亡くしたという話も、真っ赤な嘘だった。

食材は手に入らず、客も来ない。店賃は払えず、自分たちが食べる物を買う金さえなくなった。

着の身着のままの状態で店を追い出され、行く当てのない親子三人を哀れんだ知人の世話で今の長屋に落ち着いたのが、今年の如月——寒い雨の日だった。

心労が重なり、弱っていた母が寝込んだ。続いて、父も。

内職を探しても、留五郎の妨害で仕事は見つからなかった。

「いつか——きっといつか、またもとの暮らしに戻れるよって、そう言ったのにねぇ」

両親を励ますちはるの言葉は嘘になってしまった。

留五郎からの借金がなくなっても、今度は怜治への返済が残る。

ちはるが自由の身になるためには、怜治が払った金を——借金の十両と、溜め込んだ店賃を足した額を、怜治に返さねばならない。

無一文のちはるは身を粉《こ》にして働くしかない。

ちはるは唇を噛んで、墓石に手を当てた。

「工藤怜治の言葉通り、せめて飯盛り女にならなくて済むよう、あの世から見守っていてちょうだい」

もし怜治が言葉を違《たが》えても、ちはるは呑むしかないだろう。

墓石に当てた手が震える。

さっき助かったと安堵《あんど》した気持ちが、大きな不安に潰されそうになった。

このままここで死んだら、楽になれるだろうか。両親と同じ墓の下で、何の苦労もない眠りに就けるだろうか。

「うっ、うぅ……うぅ……」

室町へ行ったら、もういつ墓に来られるかわからないと思って、拝みにきたのに。立ち上がれなくなりそうだ。

ちはるは赤子のように声を上げて、ただ泣き続けた。

いったいどれくらいの間、墓前で泣いていただろう。

背後から線香の香りが漂ってきた。白檀《びゃくだん》の上品な香りだ。ほのかな甘いにおいも混じっている。

慈照さま――。

ちはるは慌てて涙を拭《ふ》いた。手だけでは上手く拭《ぬぐ》いきれずに、着物の袖で顔を拭く。急いで表情を引きしめると、ちはるは立ち上がった。

振り向けば、慈照が端整な顔に微笑を浮かべて、ちはるを見下ろしている。

きちんと剃髪《ていはつ》された頭は相変わらず形がよく、すっと背筋を伸ばした立ち姿もいつも通り凛々《りり》しい。

ちはるが見つめると、慈照はほんの少し困ったように眉尻《まゆじり》を下げた。

「久しぶりだね」

穏やかな低い声が、ちはるの耳に優しく入り込んできた。

また泣き出してしまいそうになる顔にぐっと力を入れて、ちはるは深く一礼する。

「やっと働き口が見つかりました。しばらくは来られないと思いますので、おとっつぁんとおっかさんを、どうかよろしくお願いいたします」

　慈照は目を細めて墓石を見下ろした。

「もちろん供養はさせてもらうよ。お二人の墓のことは、何も心配いらない」

　両親の墓石は、もともと天龍寺の境内《けいだい》にあった大きな石だ。ちはるには両親のために立派な墓を建てる力などなかったため、慈照が設置してくれた。

　松井町の長屋からもっと近い場所にも寺はあったが、両親が死んだ時、ちはるは迷わず天龍寺を頼った。ちはるが物心ついた時には、すでに懇意になっていた寺だ。他に埋葬しようとは考えなかった。

　慈照の澄《す》んだ瞳がまっすぐ、ちはるに向けられる。

「今朝わたしが炊《た》いた餡《あん》があるから、食べていきなさい」

　法衣の裾《すそ》をひるがえし、慈照はすたすた歩いていく。有無を言わせぬ後ろ姿だ。ちはるは小走りで、あとを追った。


　庫裡の縁側に腰を下ろして、小鉢によそわれた餡を箸《はし》で食べる。

　餡を口に運ぶたび、品のよい甘いにおいが、ちはるの鼻先をくすぐった。さきほど墓の前で慈照から漂ってきた甘いにおいと同じだ。

　餡を嚙めば、ちはるの舌の上で小豆《あずき》の粒がなめらかに踊った。舌ですり潰すように味わえば、砂糖とともに炊かれた餡の甘みがじわりと腹に落ちていく。

久しぶりに食べた甘味に、ちはるの顔は崩れた。

「美味しい……」

食べるのがもったいない。少しずつ、ゆっくり味わいたいのに。飢えていたちはるの体は勝手に動いて、あっという間に食べ終えてしまう。

ちはるは小鉢を縁側に置いた。

空っぽになった小鉢を未練がましく見つめながら熱い茶を飲めば、ほうっと息が漏れる。

慈照が淹《い》れてくれた緑茶のほどよい渋みが、餡の名残《なごり》を追い求めていた舌に活を入れてくれた。

散々泣いたあとでも、食欲は衰えぬのか……美味しいと感じ、喜ぶ心は失せぬのか……

浅ましさが体内にはびこっているようで心苦しくなり、ちはるは深くうつむいた。

「お代わりもあるよ」

慈照が新たな小鉢を運んできた。盆の上には白飯の握り飯と、茄子《なす》の浅漬けも載っている。

「お食べ」

ちはるは唇を引き結んだ。

慈照が苦笑しながら、ちはるの隣に腰を下ろす。

「それで、働き口はどこになったのだ？」

ちはるは顔を上げて、居住まいを正した。

「日本橋室町の、朝日屋という旅籠です」

慈照が小首をかしげる。

「先月できたばかりの、小さな旅籠だそうです。あたしは調理場に入るそうで」

慈照が静かにうなずいた。

「調理場の仕事であれば、ちはるも存分に力を発揮できよう」

「はい……」

と答えながら、本当にそうだろうかと、ちはるは自問する。

やはり怜治の言葉を信じ切れない。

「朝日屋に飯盛り女は置かねえ」だなんて綺麗事《きれいごと》を言っておきながら、ちはるが朝日屋に入ったとたん、「さっそく今から客を取れ」と豹変する恐れはないだろうか。

台所仕事だとは聞いたが、何をさせられるのかわからない不安は胸の中に渦巻き続けている。

だいたい、なぜ火盗改だった怜治が旅籠に関わっているのか。借金の肩代わりをしてまで、ちはるを朝日屋で働かせる理由は何だ？

ちはるが首をかしげていると、慈照も首をかしげてちはるを見つめてきた。

目が合うと、慈照は顎に手を当て、にっこり笑った。すべてを見透かしているような目で、事情を話せと促している気がする。

ちはるは目をそらした。慈照は変わらずに見つめ続けてくる。

居たたまれないような心地になった。

沈黙が流れる。

無言がつらい。

ちはるは躊躇しながら、ぽつ、ぽつと、先ほど長屋で起こった出来事を語った。

「というわけで、とりあえず、工藤怜治に救われたのですが……」

慈照は思案顔で宙を見やる。

「なるほど」

慈照はおもむろに盆の上に置いてあった布巾を手にした。

「物事は、片側からだけ見ても、なかなか全容がつかめぬもの」

慈照は畳んであった布巾を広げた。目の前に掲げられて、ちはるは戸惑う。どこにでもある、白地に紺の麻柄《あさがら》だ。

慈照がくるりと布巾を引っくり返す。裏面の柄は、水色の矢絣《やがすり》だった。

ちはるは布巾を凝視した。

「裏も表も両方、紺の麻柄だと思ってました」

慈照は微笑《ほほえ》んで、布巾を畳み直した。

「反対側に立ってみなければわからないことがあるのだよ」

盆の上に戻された布巾を、ちはるはじっと見つめる。

工藤怜治の裏と表は、いったいどうなっているのだろう。

「少し調べてみようか」

慈照の低い声が縁側に響いた。わずかに怒気《どき》を孕《はら》んでいるように聞こえて顔を上げれば、慈照はいつも通りの穏やかな笑みを浮かべていた。

「わたしにも多少の伝手《つて》はあるのだよ」

寺の檀家《だんか》のことだろうか。

「安心おし。もしも工藤怜治が嘘つきで、極悪非道《ごくあくひどう》な男であれば、すぐに必ず救い出してあげるから」

慈照は合掌《がっしょう》した。

「どんな者にも、救われる道はあるのだよ」

本当だろうかと、ちはるは思う。慈照を疑うつもりなど毛頭ないが、この先ちはるに明るい道が開《ひら》けているなんて、今はまったく想像できない。飯盛り女にされたらどうしようと思えば、怖くて顔が強張ってしまう。

「この寺では、月に一度、施食会《せじきえ》を行っているだろう。読経《どきょう》のあとの炊き出しを、ちはるにも、ちはるのご両親にも、よく手伝ってもらったね」

ちはるは顔をゆがめながら胸を押さえる。慈照の言葉に、泣きたいような懐かしさが込み上げてきた。

施食会とは、前世の業《ごう》により餓鬼道《がきどう》へ落ちた無縁の亡者《もうじゃ》たちのために飲食物を施して供養する、法会《ほうえ》のことである。宗派によっては、施餓鬼会《せがきえ》とも呼ばれている。

前住職に非常に世話になったという両親は、かつての恩を返すため、天龍寺で行われる施食会後の炊き出しを手伝っていた。

天龍寺では、施食会に集まった人々には貴賤上下《きせんじょうげ》の区別なく、みな同じ食べ物を振舞っているのである。

遠い日の記憶が、ちはるの周りを駆け巡った。

椎茸《しいたけ》や昆布の出汁《だし》が香る寺の台所で、両親と一緒に人参や大根を食べやすい大きさに刻んだ。ふんわりと甘く香る炊き立ての白飯を、あちちっと声を上げながら両手で握っていった。

青物たっぷりの味噌汁を大鍋からよそい、慈照とともに集まった人々に配り歩いて、あっという間になくなった握り飯の追加を大急ぎで作った。

降り注ぐ柔らかな日の光が境内を照らし、本堂に安置された釈迦牟尼仏《しゃかむにぶつ》の像はいつもより優しい表情に見えた。あの世とこの世のすべてを慈しみ、見守っているかのように――。

久馬が夕凪亭に来るまでは、月に一度の見慣れた光景だったはずなのに。貧乏長屋に越してからは、炊き出しの手伝いをする余裕などなくなってしまっていた。

「施食会の由来を覚えているかい？」

ちはるの答えを待たずに、慈照は静かに語り出す。

「ある日、お釈迦さまの弟子である阿難尊者《あなんそんじゃ》の前に、焔口餓鬼《えんくがき》が現れた」

口から火焔《かえん》を吹くという餓鬼である。

「焔口餓鬼は、阿難尊者に告げた。『おまえの命は、あと三日。助かりたければ、すべての餓鬼に飲食を施し、供養しろ』と――。阿難尊者は、お釈迦さまに相談した」

慈照は空を仰いだ。まるで雲の上に釈迦牟尼仏が鎮座しているかのように。

「お釈迦さまは、餓鬼供養の作法を阿難尊者にお授けになった。阿難尊者がお釈迦様のおっしゃったとおりに供養すると、餓鬼たちは苦しみから脱することができ、福徳を積んだ阿難尊者も命を長らえることができたという」

慈照は、ちはるに目を戻した。

「餓鬼にも救われる道があるのだから、ちはるに救いの手が差し伸べられぬはずはない。お釈迦さまはいつも、ちはるを見守っていてくださるはずだよ」

慈照が握り飯を載せた皿を、すっと押し出してくる。

「考えるより、動きなさい。ちはるが今すべきことは何だい？」

柔らかい慈照の声が、ちはるの胸に突き刺さる。

ちはるが今すべきことは――。

目の前の握り飯をつかみ、口へ運んだ。

噛めば、白飯の甘みと塩のしょっぱさが口の中に広がる。あっさりとした、具のない握り飯だった。

しかし具などなくても、ちはるには、とてつもなく贅沢《ぜいたく》な絶品に感じられた。腹に落ちていく白飯は言葉にならぬほど上質な味わいで、菜《さい》（おかず）などなくても、飯だけでいくらでも食べられそうだ。炊かれた米は、裕福な檀家からの供物《くもつ》なのだろうか。

ちはるは黙々と食べ続ける。

茄子の浅漬けを噛めば、茄子の甘みがしっかりと塩に引き立てられていた。

再び握り飯を噛めば、今度はまた白飯の甘みと塩のしょっぱさが、じわっと舌に染みていく。

ちはるが食べ続けている間、慈照は隣に座って無言で庭を眺めていた。

茄子の浅漬けを咀嚼《そしゃく》しながら、ちはるも庭に目を向ける。

庫裡の裏手にある庭では銀杏《いちょう》や紅葉《もみじ》の木が太い枝を広げていた。枝には、たくさんの葉が生い茂っている。もっと秋が深まれば、紅葉は赤く染まり、銀杏は濃い黄色に染まるだろう。

慈照を手伝って、両親とともに銀杏《ぎんなん》の実を拾い集めた記憶がよみがえる。

あの日々をもう一度、取り戻したい――。

両親は死に、夕凪亭もなくなった。まったく同じものが二度と手に入らぬことは重々承知している。それでも、ちはるは思わずにいられなかった。

取り戻すんだ。あの日の自分を――。

「目を向けるべきは、過去でもなく、未来でもなく、現在だよ」

慈照にうなずいて、ちはるは空を仰いだ。

一羽の鳥が空の彼方へ飛んでいく。

ちはるは拳を握り固めた。

あたしも進むんだ。今、ここから――。

ちはるは慈照の顔を見た。澄んだ瞳が優しく、ちはるを見つめ返す。

「あたし、負けません。懸命に働いて、必ず、工藤怜治に金を返します。買われた人生を、きっと取り戻してみせます」

慈照が満足げに目を細めた。

「決して無理はせぬように。つらくなったら、いつでも、ここへおいで」

「はい」

慈照が餡の入った小鉢を、ちはるの手の平に載せた。

「昔から、赤い小豆には魔よけの力があるといわれている。この粒餡にも、きっと邪気を払う力が宿っているよ」

小鉢を見下ろせば、餡の中から慈照の優しさが溢れ出ているように見えた。

ちはるは深々と頭を下げてから、餡の甘さを嚙みしめた。

暗くなる前に天龍寺を辞して、ちはるは本所松井町一丁目へ戻った。

長屋へ帰る前に、夕凪亭があった場所へ足を向けてみる。両親が死んでから、初めて見にいく場所だ。

来た道を戻り、長屋近くの小道を右に曲がって北へ向かい、竪川沿いの通りへ出る。一《ひと》ツ目橋《めばし》がある西の方角へ向かって少し進めば、町家の中にたたずむ小さな店が見えてくる。

強い川風に髪を乱されながら、ちはるは夕凪亭があった場所へ目を向けた。

派手な緋色《ひいろ》の暖簾《のれん》が風にひるがえっている。憎き久馬が開いた店、真砂庵だ。勢いよくはためく暖簾は、夕凪亭の面影を蹴散らすような毒々しい色に見えた。

夕凪亭の暖簾は紺藍《こんあい》だった。

風が凪《な》いだ夕方に、ちょいと重荷を下ろした客が、ほっとひと息つくような——そんな場所になれたらいいと両親が願って決めた、店名に合わせた色だった。

ちはるは緋色の暖簾を睨みつけた。

あの暖簾を引きずり下ろしてやりたい衝動に駆られるが、じっとこらえる。

きっと両親は、ちはるの暴挙を望んでいない。

それに、真砂庵の暖簾を引きずり下ろしたって、かけ替える暖簾は今、ちはるの手にないのだ。

ちはるは両手を握り合わせた。

いつか、この手にもう一度、夕凪亭の暖簾を持ちたい――。

苦しんで死んでいった両親の顔が頭をよぎる。

つらくなるのがわかっているから、もうこの場所に来るのはやめようと思っていたが、今日はあえて目をそらさずに緋色の暖簾を見つめる。

いつか本当に、買われた人生を取り戻せたら――ちはるの手で夕凪亭を再建することもできるだろうか――？

女の細腕でできることなど、たかが知れている。だが、それでも、どうしても夕凪亭をあきらめたくないという気持ちが、ちはるの腹の底からむくむくと湧き上がってきた。

金で買われた人生を取り戻すと決めたのだ。生まれ育った店を取り戻す夢を見たっていいじゃないか――。

緋色の暖簾をかき分けて、客らしき壮年の男が通りへ出てきた。

「ありがとうございました。またどうぞお越しくださいましぃ」

暖簾の向こうから、たすきと前掛をつけた女も出てくる。客を見送る女中だろう。

ちはるは天水桶《てんすいおけ》（防火用水）の陰に身を隠した。

そっと覗けば、女は一ツ目橋の方角へ去っていく客に頭を下げ続けている。

女の後ろ姿がやけに艶《なま》めかしい。うなじに手を当てながら店の中へ戻っていく女は、料理屋の女中ではなく、女郎かと言いたくなるような影のある色っぽさを漂わせていた。

家族で明るく切り盛りしていた夕凪亭とは、暖簾だけでなく、何もかもが違う——。

ちはるは奥歯を噛みしめて、緋色の暖簾を凝視した。目をそらしたって、真砂庵が消えるわけじゃない。夕凪亭がよみがえるわけじゃない。

慈照の声が、ちはるの頭の中にこだまする。

目を向けるべきは、過去でもなく、未来でもなく、現在だよ——。

そうだ、まずは、ここからなんだ。

緋色の暖簾に背を向けて、ちはるは長屋への道を踏みしめた。

やってやるぞと決意して、ぐっすり寝入った翌早朝——障子を通して差し込んでくる日の光が灰色に見える部屋の中で、ちはるは目覚めた。

目も心も一瞬で、ぱっちりと起きた。

身支度を整えると、ちはるは布団を片づけて、まだ薄暗い部屋の中を拭いた。

物音を立てぬよう気をつけながら水瓶《みずがめ》に柄杓《ひしゃく》を入れ、桶に水を汲む。雑巾を濡らしてしぼり、板間を拭いた。

父と母があの世へ逝くのを見送った部屋だ。こんな粗末な長屋で死なせてしまうなんて口惜しいという気持ちがあったが、今になって振り返ってみれば、雨風をしのげる床の上で往生させてやることができたのだから、ありがたいと思わねばならぬのかもしれない。

複雑な気持ちを抱えながらも掃除を終えると、ちはるは土間に立って板間に向かい、手を合わせて一礼した。

腹の虫が、ぐぐーっと鳴る。体を動かしたせいか、とてつもなく腹が減った。

水を飲んで空腹をやり過ごそうとしたが、駄目だ。腹の虫は、ぎゅるぎゅると鳴り続ける。

ちはるはそっと腰高障子を引き開けた。音を立てぬよう慎重に引いても、ぎぎっと音が出る。途中でがたっと、つっかえる。

隣近所を起こさぬよう気を遣いながら何とか表へ出て、ちはるは竪川の河原に向かった。

空は白んで、どんどん明るくなってくる。夜に追われて沈んでいった日輪《にちりん》が、もうじきまた空に顔を出すだろう。

ちはるは竪川沿いの通りを、二ツ目橋のある東の方角へ進んだ。夕凪亭とは反対方向だ。

松井橋の少し手前、草が刈られずに群れているところへ駆け寄った。

食べられる草はないだろうかと、茂みに目を凝らす。

白い小花の群れに目が引かれた。

「あっ、虎杖《いたどり》――」

本来であれば食用にするのは春の若芽だが、この際何でもいい。時季外れで、硬くなった虎杖がどんなに不味《まず》かったとしても、毒でなければ食べてしまいたい――ちゃんと料理するのであれば、茎の外皮をむいて茹《ゆ》でたり、生のまま揚げたりするのだが――若芽の頃を思い出すと、口の中に唾《つば》が湧き出てくる。

ちはるは虎杖に手を伸ばした。

が、茎に触れる寸前で、手を引っ込める。

やはり虎杖は、あく抜きをしなければ食べられないだろう――怜治が迎えにくるまでには、きっと下ごしらえが間に合わない。無念だが、虎杖はあきらめよう。

ちはるは周りに目を凝らした。

今度は蓬《よもぎ》に目が引き寄せられる。蓬であれば、塩茹ですればそのまま――塩がないので、何も入れずに茹でるだけにしても、食べられるだろう。揚げ物であれば、生の葉をそのまま使用できたのだが……贅沢は言っていられない。

摘んだ蓬の葉をただ茹でるだけでは、「料理」として、人さまに出せるものにはならない。虎杖同様、蓬も本来であれば食用にするのは春の若芽だ。あくも抜かねばならない。

しかし、今ちはるが求めているのは「味わう料理」ではない。飢えを満たすためだけに、すぐ「口に入れられる物」なのだ。

料理人の娘として生まれ、料理屋で育った者としては、悲しい求め方だ。

父が生きていたら、どう思うだろうか……。

昨日、天龍寺で食べた餡や握り飯が、ちはるの頭の中を流れていく。

慈照の優しい笑顔を思い出した。

ひもじさが募る。

ちはるは唇を噛んで、蓬の茎をつかんだ。自分のほうに引き寄せて、顔を近づけても、わくわくするような旬の香りは漂ってこない。葉をつまんでも、新芽のような柔らかさはもうない。きっと硬い歯ごたえなのだろう。

ちはるは勢いよく蓬を折った。むせるような草の香りが顔に向かってくる。つんと鼻を突くにおいだが、どこか品があり、爽やかさを感じる。

たっぷり餡を包んだ蓬餅が食べたくなって、また慈照の笑顔を思い出した。

ちはるは首を横に振って、蓬を摘み続ける。

「つらくなったら、いつでも、ここへおいで」と言ってもらったが、使用人の分際で、いつでも好きな時に出歩けるはずがない。

夕凪亭の調理場に入っていた時は、親の営む小さな店だから、多少の勝手が許されていたのだ。朝日屋の調理場では怖い親方がふんぞり返っていて、ちはるなど足蹴《あしげ》にされてしまうかもしれない。

ちはるは蓬の束に顔を伏せて、草の香りを吸い込んだ。

蓬の香りには邪気を払う力があるといわれている。蓬の香りで体の中を満たして、心の中から不安を追い出してしまいたい。

「おまえ、何やってんだ？」

素っ頓狂な声が耳に飛び込んできた。

「馬や牛みてえに、むしゃむしゃと、その辺の草を食ってんのかよ」

顔を上げれば、少し離れた通りから怜治がちはるを見ていた。釣り竿《ざお》と、びくを手にして、小さな風呂敷包みを背負っている。

怜治は大げさに眉をひそめて、首を横に振る。

「哀れだなぁ。河原の草しか食う物がねえのか。うちで働き出したとたん、ぶっ倒れられちゃ困るが、大丈夫か」

ちはるは、むっと顔をしかめた。

「心配ご無用。あたしは料理屋の娘だよ。体が丈夫な者でなきゃ、料理屋の仕事は務まらないんだから」

「へえ、そうかい。なら、よかったけどよぉ」

怜治の軽い口調が、ちはるを小馬鹿にしているように聞こえた。料理屋の仕事をしていたといっても、どうせ親の下でぬくぬくと飯事遊《ままごとあそ》びをしていただけなんだろうと揶揄《やゆ》されている気分になった。

ちはるは鼻息を荒くする。

「あんたのとこでだって、必ず立派な働きを見せてやるわよっ」

と言ってから、はたと気づいた。

「あんたのとこって言っちゃったけど、あんた、朝日屋の何なの？」

怜治はきょとんと目を瞬《またた》かせた。

「言ってなかったか？　おれは朝日屋の主だよ」

「何ですって⁉」

ちはるは思わず叫んだ。

「火盗改が、何で旅籠の主になるのよっ。じゃあ、あんた、やっぱり本当に武士をやめたの⁉　だから、おとっつぁんが捜した時、あんたは見つからなかったの⁉　何で⁉　何でよっ」

怜治は釣り竿を首にもたせかけ、鼻の頭をかいた。

「何でって――まあ、なりゆきでよぉ」

ちはるは目を吊り上げた。

「なりゆき⁉　なりゆきで武士をやめるの⁉　だって、御家存続とか、いろいろあるでしように」

ちはるは唖然《あぜん》とした。

では「なりゆき」で、父は助けてもらえなかったのか。そんな馬鹿なことがあってよいのか。

怜治はうるさそうに手を振った。まるで顔の周りを蚊が飛び回っているかのように。

「つべこべ言うんじゃねえよ。世の中には止められねえ流れってもんがあるだろう。おまえだって、身をもって味わったじゃねえか」

ちはるは口をつぐむ。

確かに、ちはるは久馬を止められなかった。久馬が作った料理を味見した時、かすかな違和を抱いていたのに。

夕凪亭の悪評が出回った直後だったから、気落ちした久馬が渾身《こんしん》の味を作り出せなかったのかと――気の持ちようも含めて、ちはるの父と久馬の間にはまだ料理人としての格の違いがあるのだろうと――そう思って、香りや味がいつもと少し違うのを黙って見送ってしまった。

あの時まさか、出回った悪評の通り、いつもの仕入れ先と違う場所から取り寄せた青物を久馬が使っていたとは夢にも思わなかったのだ。ちはるの両親を本物の嘘つきに仕立て上げるため、久馬が罠を張っていたとは――。

久馬が本性を現したあとで、過ぎたことを指摘しても無駄だった。逆に、ちはるが久馬に罪をなすりつけようとする噓つきだと罵《ののし》られてしまった。

どこの青物売りが、夕凪亭の誰に青物を売ったのか、町方は突き止められなかったという。久馬の罪を暴けなかった代わりに、ちはるたち親子三人の罪も認められずに済んだのだが……。

久馬の作った料理に違和を抱いた時、その違和の正体を突き止めていたら、夕凪亭の運命は何か変わっていただろうか。

何も変わらなかったとしても、やはり「おかしい」と、その場で叫べばよかったのだという思いが、ちはるの頭から離れない。あとから何を言っても、負け犬の遠吠《とおぼ》えになるだけなのだ。

もう、あんな思いはしたくない。だから言わずに後悔より、言って後悔なのだ――ちはるは蓬の束をぎゅっと握りしめた。

「おい、泣きそうなくらい腹ぁ減ってんのかよ」

呆《あき》れ返ったような怜治の声が辺りに大きく響く。

「ったく、しょうがねえ女だなぁ。腹減ったくらいで泣きべそかきやがってよぉ。子供みたいじゃねえか」

大川へ向かって、船が竪川を進んでくる。櫓《ろ》を操る男たちが吹き出しそうな顔で、ちはるを見ている。怜治の言葉は丸聞こえだったのだろう。

「ほら、道端の草なんか食ってねえで、こっちに来いよ」

川面《かわも》を滑ってくる猪牙船《ちょきぶね》の船頭も笑いながら、ちはるを見た。

ちはるはぎろりと怜治を睨む。

「ちょっと、やめてよ。草なんか食べてないでしょう⁉　においを嗅いでただけじゃない」

怜治はますます大声を出す。

「草のにおいで腹いっぱいにしようと思ってたのかよ。かわいそうだが、そいつぁ無理だぜ」

「やめてってば！」

ちはるは怜治に駆け寄った。怜治は唇を尖らせて肩をすくめる。

「何だよ。今さら気取ったたって仕方ねえだろ」

「何よ、その言い草は」

思わず振り上げた蓬が目の横にくる。ちはるは横目で蓬をみやり、口をつぐんだ。

気取るつもりなんてない――とは言えないかもしれない。竪川を行く船頭たちの目が気になったことは確かだ。

怜治は勝ち誇ったように笑う。

「ほら見ろ。言い返せねえじゃねえか。へへっ——」

不意に、怜治の笑いが止まった。急に真顔になって、勢いよく振り返る。

川風が道端の草を一斉に揺らした。

怜治の背中の向こうに、袴《はかま》姿の二本差しが見える。藍鼠《あいねず》の着物をまとった、少し小柄な優男《やさおとこ》だ。慈照とはまた違った品のよさがあり、裕福な家の出なのだろうと思われた。きっちり結い上げた髷にはひと筋の乱れもなく、いかにも生真面目《きまじめ》そうに見える。

男は、ちはると目を合わせて、にこりと微笑んだ。

「詩門」

怜治の鋭い呼びかけに、藍鼠の男は微笑んだまま目線を動かした。

「何です、怖い顔をして」

怜治は釣り竿を揺らしながら、ゆっくりとその男——詩門に歩み寄る。

「てめえ、こんな朝っぱらから何でこんなところにいやがる。どっかに夜通し張り込んだ帰りか？」

詩門は苦笑しながら、ため息をつく。

「あなたを捜しにきたんじゃありませんか。わたしに怪しい証文を預けて調べさせると『本所の白狸』に言ったのは、いったい、どこのどなたです？　わたしは何も預かってはおりませんがねえ」

「あぁ、あれか」

怜治は釣り竿を抱え込むように腕組みをした。

「留五郎のやつ、おれの脅しを真に受けて、おまえんとこに袖の下でも渡しにいったのかよ」

詩門はにっこりと笑みを深めた。

「怜治さんが本当に武士の身分を捨てたのかどうか、確かめにきましたよ。正直に答えてよかったんですよね？」

怜治は腕組みをしたまま肩をすくめる。

「嘘ついたって仕方ねえさ。おまえが言わなくたって、どうせ別の者からすぐにばれる」

詩門は呆れ笑いで目を細めた。

「すぐにばれるとわかっていて、その場しのぎの脅しをかけたんですか。なぜ、わたしの名を出したんです？」

怜治は釣り竿の先を詩門に向けた。

「おまえなら何とかしてくれると思ったからさ。悪いやつらがこれ以上ちはるに近寄らねえよう、火付盗賊改同心の柿崎詩門さまが、きっちり釘《くぎ》を刺しておいてくれたんだろう？」

詩門はまばたきをひとつしてから、ちはるに目を向けた。

「やつらのことは、もう心配しなくてよい。しっかり言い聞かせておいたゆえ」

「ありがとうございます……」

ちはるは頭を下げながら、ちらりと詩門を眺めた。火盗改といっても、怜治に比べると、ずいぶんおとなしそうだ。詩門の言葉に、留五郎が素直に従うだろうか。

「心配は無用だぜ。こう見えて、詩門はけっこう意地が悪いからよぉ」

怜治が笑いながら詩門の肩を強く叩いた。

「人の弱みを突くのが得意だもんなぁ?」

詩門はうんざりした顔で首を横に振る。

「二人で一緒に盗人《ぬすっと》を捕らえた時の話をしているんですか? 『おれが優しくなだめて自白を引き出すから、おまえは怖い顔で怒鳴れ』って、怜治さんが指示したのではありませんか。反対の役のほうがいいって、わたしは言ったのに」

怜治はすねたように唇をすぼめる。

「だって、それじゃあ、おれが悪者みたいになっちまうだろう。それに、『白状しなければ、お調べは女房子供にもおよぶぞ』なんて、丑《うし》の刻《こく》参りにきた女みたいな恐ろしい顔で、おれは言えねえよ」

詩門は頭痛をこらえるように目を伏せて、こめかみを押さえた。ふうっと勢いよく息を吐いて、気を取り直したように目を開けると、ちはるを見た。

「怜治さんの話を鵜呑《うの》みにせぬように。真に受けると、馬鹿を見るぞ」

「はあ……」

「わたしは忠告したからな」

詩門は怜治に向かって右手を出した。怜治は懐の中から折り畳んだ紙を取り出す。受け取った詩門は、折り畳んだ紙をそのまま懐にしまった。

「あとは、こちらで。あなたはもう何の関りもないお人だ。それを忘れずにいてください」

詩門が踵を返す。足早に去っていく後ろ姿を見つめながら、ちはるは怜治の袖をつかんだ。

「どういうこと」

「おれは無力だってことさ」

けろりとした声を出して、怜治はちはるの頭を手の平でぐっと押さえた。

「それより、飯だ、飯。腹が減っては戦《いくさ》ができねえからな」

怜治は背負っている小さな風呂敷包みの結び目を、ぽんと軽く叩いた。

「仕方ねえ。おれの朝飯を分けてやるよ」

ちはるは怜治の背中の風呂敷包みに目をやった。

「それは……お弁当？」

「おう、握り飯だぜ。朝日屋の本板《ほんいた》（板長）が作ってくれたんだ」

ちはるは、びくに目を移す。

「ひょっとして、釣ったばかりの活きのいい魚が入ってるの？」

怜治は眉尻を下げて、びくを上下左右に振り回した。

「大川で、沙魚《はぜ》でも釣ろうと思ってたんだがよぉ……魚どもめ、おれに恐れをなして逃げやがった」

ちはるは眉間にしわを寄せる。

「つまり、一匹も釣れなかったのね？」

怜治は空を仰いだ。

「生きるってことは戦いだからなぁ」

怜治は松井町一丁目へ向かって歩き出した。

「早く来いよ」

振り向きもせずに呼ぶ怜治の背中を、ちはるは慌てて追った。店賃を払ってもらったとはいえ、勝手に部屋へ上がり込まれたくはない。

ちはるは蓬の束を手に、走って怜治を追い越した。

いつの間にか昇っていた朝日に照らされて、竪川の水面がきらきらと輝いている。

長屋で握り飯の包みを解いた瞬間、ふわっと甘い白飯の香りが飛び出してきた。鰹節《かつおぶし》と炒《い》り胡麻《ごま》の香ばしいにおいも――。

ちはるはふたつの握り飯に鼻を寄せた。

「醬油と、酒と、みりんと……炒った花鰹《はながつお》を握ったのか……」

かじりつけば、鰹節の味を殺さずにしっかりと際立たせた、絶妙な味加減の握り飯が口の中でほどけた。

朝日屋の本板が作ったという握り飯を、ちはるは嚙みしめる。

胸に深く染み入ってくる、丁寧で優しい味だ。

これを作った人の下で、あたしは働くんだ……。

思い詰めていた心の中に、ひと筋の光が差す。

きっと味は嘘をつかない。この握り飯を作った人は、情け深くて優しい人に違いない。

朝日屋で働くことへの恐れが握り飯ひとつで消えたわけではないが、だいぶ心が軽くなってきた。

怜治が蓬のお浸しを飲み込んで、「うえっ」と顔をゆがめる。

「硬くて苦い――こりゃあ、犬猫のしょんべんがかかってた草に違いねえぞ」

ちはるはふたつ目の握り飯にかじりついた。怜治が目を尖らせる。

「ふてえ女だ！　おれの分まで食いやがったな！」

ちはるはしれっと、蓬の皿を怜治に突き出した。

「ごちそうさま。お返しに、これ全部食べていいから」

「ふざけるなっ」

叫んだとたん、ぎゅるぎゅるーっと怜治の腹が大きく鳴る。ちはるは澄まし顔で、怜治の湯呑茶碗に水を注ぎ足した。

「どうぞ」

怜治はいまいましげに顔をしかめて、蓬のお浸しを一気に口に詰め込んだ。必死の形《ぎょう》相《そう》でもぐもぐと口を動かし、一気に水をあおる。

ごくんと飲み込んで、怜治はちはるを睨みつけた。

「行くぞ」

怜治に急《せ》かされながら、あと片づけをして、大家に挨拶を済ませると、ちはるは長屋を出た。


生まれ育った本所の風に背を押され、ちはるは日本橋室町へと向かう。

竪川を渡る時、一ツ目橋の手前でふと振り返れば、幼い頃から毎日眺めていた紺藍の暖簾が見える気がした。

だが、夕凪亭の暖簾はどこにもない。

ちはるは前を向いた。

先を歩いていた怜治が橋の向こう側で足を止めて待っている。

ちはるは再び足を動かして、一ツ目橋を踏み越えた。

釣り竿を手に悠々と進んでいく怜治のあとを、ちはるは追った。

両国橋《りょうごくばし》を踏みしめて、日の光で水面がきらめく大川を渡り、屋台が建ち並ぶ広小路へ。川を越えるたびに、身の置き場所を変えていくのだという感慨がひしひしと込み上げた。

広小路から横山町に入り、南西へ進む。大伝馬町《おおでんまちょう》、本町を経て、室町三丁目へ入る。長屋を出てから半時（約一時間）までは歩いていないはずなのに、ずいぶん遠くへ来てしまったような錯覚《さっかく》に陥った。日本橋界隈へは何度か遊びにきたこともあったのに、まるで異国の地へ来てしまったような心持ちになった。数少ない荷物を入れた風呂敷包みが、突然背中で重くなったように感じる。

西に本革屋町《ほんかわやちょう》、北に本町二丁目を臨む辺りで、怜治が立ち止まった。

「ここだぜ」

顎で指されて見上げれば、美しい曙《あけぼの》色の暖簾がゆらりと手招きするように揺れている。日の出の光を店の入口に留めたような色合いだ。

二階建ての立派な旅籠だ。こぢんまりと営んでいた夕凪亭の倍を超える広さだろうか。

怜治に促されて暖簾をくぐれば、入口のすぐ脇にある大きな下足棚《げそくだな》が目に入った。いったい何人分の草履《ぞうり》が入るのだろう。反対側は階段だ。二階に客室があるのだろう。

ちはるは前に目を戻した。入口から広がる土間の左右には、ゆったりとした入れ込み座敷がある。入口をまっすぐ進んだ突き当たりが調理場になっていた。

調理場と入れ込み座敷の間には、背の低い簡単な仕切りしかない。

ちはるは目を見開いた。

「調理場は、お客の目に触れないようにするものなんじゃないの？　小さな飯屋じゃあるまいし。しかも、まな板を置く板場がない――」

屋台などの出店はさておき、江戸ではたいてい座って調理をする。

「ひょっとして、あの大きな、足の長い文机《ふづくえ》みたいな台で調理をするの？」

怜治は鼻の頭をかいた。

「ううん……まあ、いろいろあってよ」

「いろいろって――」

調理場を凝視しながら、ちはるは首をかしげた。

何だか普通の旅籠ではないような……？

「まあ、とにかく」

怜治は咳払《せきばら》いをして、ちはるの背中を叩いた。

「あそこが、おまえの新しい居場所だ。よろしく頼むぜ」

新しい居場所……。

ちはるは調理場を見つめた。

普通であってもなくても、ちはるには他に行く当てがないのだ。生きていくためには、ここで働くしかない。

ちはるは一歩、前へ出た。

鼻から大きく息を吸い込むと、調理場から漂ってくる鰹出汁の香りに、ぶるりと胸が震えた。

漂ってくるのは出汁の香りだけじゃない。

醬油が、味噌が、塩が、酢が、みりんが——目に見えない味の精霊《せいれい》たちが調理場の中で楽しげに踊っているような香りが、ちはるの全身を包み込む。

どきどきと高鳴る胸を押さえながら、ちはるは調理場へ向かって歩みを進めていった。

第二話　それぞれの傷

「何度言ったらわかるんですか！　あんたはもう客じゃないんですよっ」

調理場の奥から怒鳴り声が上がった。

ちはるはびくりと肩を震わせ、調理場へ向かっていた足を止める。

勝手口から現れた白髪交じりの男が眉を吊り上げて、土間を突っ切ってきた。

「表から堂々と入ってこられちゃ困りますよ！」

怜治は悪びれた様子もなく、竿袋にしまった継竿《つぎざお》で自分の肩をとんとんと叩いた。

「すまねえ、慎介《しんすけ》。いったん体に染みついたものは、なかなか抜けなくてなぁ。それより――」

怜治は笑いながら、ちはるを前に押し出した。

「こいつが朝日屋の新しい料理人、ちはるだ。おまえの好きなように使ってやってくれ」

慎介は困惑顔で眉をひそめる。

「料理人って、この娘が？」

慎介が顔をしかめながら、いきなりちはるの両手をつかんだ。ちはるは驚いて手を引っ込めようとしたが、ぐいっと力ずくで引っ張られた。

ちはるの両手をじっと見て、慎介は眉間のしわを深める。右手と左手、それぞれの手の平と甲を眺め回し、人差し指と親指で挟んで、ぐっと押してきた。

慎介はため息をついて、怒ったように手を放す。

「駄目だ。この手じゃ、料理を任せられねえ」

ちはるは両手を握り合わせた。節《ふし》くれ立った慎介の手につかまれているような感覚が、まだ残っている。慎介の指腹の硬さが、料理人としての長年の経験を物語っていた。

いら立ちをあらわにして、慎介はぎろりと怜治を睨みつける。

「話が違うじゃありませんか。小さい店ながら調理場で腕を振るっていた料理人だっていうから、女でもいいと言ったのに。これじゃ下流《したなが》しの仕事も務まらねえ」

下流しとは、魚の下ごしらえをする土間のことである。魚の頭を落としたり、内臓を取り出したりするので、しょっちゅう水が流れている。

「見習いは『あひる』と呼ばれて、こき使われるが、水に濡れた土間に裸足《はだし》で立つから、体を壊す者が多いんだ」

慎介は舌打ちをして、ちはるを見た。

「お嬢ちゃんは、親の手伝いをしていただけで、ちゃんと料理人の修業をしていねえだろう」

ちはるは唇を引き結んだ。

確かに、自分が男だったなら、まだ十にもならぬうちに他の店へ修業に出されていただろう。

女の子供を料理人見習いとして迎え入れてくれる店はなかった。店の調理場ではなく、住まいの台所でなら女中奉公をさせてやるという話はずいぶん昔にあったが、ちはるは断っていた。夕凪亭で父の仕事を見ているほうがいいと思ったのだ。

怜治は肩をすくめる。

「この際、何でもいいだろう。どこの口入屋に頼んだって、うちにまともな料理人を寄越してくれねえんだよ」

慎介が黙り込む。

ちはるは怜治を見上げた。

「まともな料理人を寄越してくれないって、どういうこと？　この旅籠には、何か込み入った事情でもあるの⁉」

怜治は否定の意を表すように継竿を小さく振った。

「たいしたことじゃねえよ」

慎介の顔が強張る。

「料理人の手がこんなになっちまったのは、たいしたことじゃねえとおっしゃるんですか⁉」

慎介は右袖をまくり上げた。ちはるは息を呑む。慎介の手首から肘《ひじ》にかけて、ひどい火傷《やけど》の痕が広がっていた。刃物で切ったような大きな傷跡もある。

怜治は目を細めて、慎介の右腕をじっと見つめた。

「大変なことになっちまったとは思っている。だが、あんたの腕は動く。すべてがこれまで通りとはいかなくても、まだ動くんだ。ちはるの両親みたいに死んじまったら、何もできねえ。指一本すら動かせねえよ」

慎介は、はっとした顔つきになった。

「ふた親が死んじまったのかい」

ちはるはうなずいた。

「今年の弥生《やよい》（三月）と皐月《さつき》（五月）に……」

慎介の表情に同情が宿る。

「それで店を畳んだってわけか」

ちはるは首を横に振った。

「店は乗っ取られました。おとっつぁんとおっかさんは気落ちして、床に臥せって、そのまま……」

慎介が怪訝《けげん》顔を怜治に向ける。怜治はやるせなさをごまかすように宙を見やった。

「夕凪亭も、はめられたのさ。福籠屋《ふくろうや》の時と、やり口は違うがな」

慎介は悲愴《ひそう》な面持ちを、ちはるに向ける。ちはるは哀れみをかわすように、ひょいと首をかしげた。

「福籠屋って……」

聞いたことがあるような、ないような。

「慎介が営んでいた料理屋の名さ。朝日屋は、潰れちまった福籠屋をちょいといじって、新しく開いた旅籠なんだ」

怜治の言葉に、慎介は皮肉めいた笑みを浮かべる。

「いじったのは、ちょいとどころじゃないでしょう。一階の座敷を壊して、入れ込みにして。二階の広間をなくして、狭い四畳半ばかり並べて」

怜治は唇を尖らせる。

「二階には六畳間もあるだろう」

「あんなもん、物の数には入りませんよ」

慎介は顔をゆがめて、右袖を下ろす。

「商売替えしたって、主の座を譲り渡したって、調理場での仕事は変わらねえと言われたが——板場の様子から何から、まったく違うじゃございやせんか」

怜治は腕組みをして眉根を寄せた。

「おれがそんなこと言ったか?」

慎介は即否定する。

「おっしゃったのは、兵衛《ひょうえ》さんで」

怜治は短く舌打ちをした。

「あの口八丁《くちはっちょう》野郎、あっちでもこっちでも人を丸め込みやがって」

不意に怜治の目が通りへ向いた。暖簾が大きく動いて、着流し姿の温厚そうな男が入ってくる。上等そうな着物は茶の縦縞《たてじま》だ。年の頃は、四十を少し過ぎたくらいか。

慎介が恨めしそうな目を男に向けた。

「やっぱり無理だ。旅籠なんかできねえよ。兵衛さんの言う通りに、事は運ばねえ」

兵衛は人のよさそうな笑みを浮かべて、慎介の前に立つ。

「まだ始めたばかりじゃないか。あせっちゃ駄目だよ。今が辛抱どころなんだから」

慎介は不満げに顔をそらした。

「けど、どうやって人を呼ぶんだ。仮に、客が来たとして——料理を作っても、客の元へ運ぶ者がいねえ。旅籠だってえのに、泊まり客に使わせる布団だって足りねえだろう」

ちはるは唖然と口を半開きにして、怜治を見た。

「どういうこと?　先月から商売を始めている旅籠なんじゃないの?」

怜治は後ろ頭をかいた。

「おう、始めてはいるんだがよ……」

口ごもる怜治を押しのけるような声で、兵衛が明るく答えた。

「客がまだ来ないんだ。一人もね」

ちはるは目を見開いて、まじまじと兵衛の顔を見る。

「一人も……ですか」

兵衛は大真面目な顔で大きくうなずいた。

「困ったよねえ。朝日屋には頑張ってもらわないと。このままじゃ、わたしの面目《めんぼく》が立たないよ。義理の父からも怒られてしまう」

ちはるは首をかしげた。朝日屋の番頭か何かかと思ったが、それにしては他人事のような言い方だ。

怜治が兵衛を顎で指す。

「こいつは、ここの家主（地主）の娘婿《むすめむこ》でな。慎介にどっぷり肩入れして、朝日屋を成功させるために奔走《ほんそう》しているのさ。慎介は、兵衛が貧乏だった頃の恩人らしくてよ」

ちはるは兵衛の着物を眺め回した。色あせも、継ぎはぎも見当たらない。柳原《やなぎはら》辺りの古着屋で買った品ではないだろう。反物《たんもの》から仕立てさせた着物ではなかろうか。

帯から下げた印籠《いんろう》も、かなり値が張っていそうだ。兵衛に貧乏だった頃があるとは思えぬ身なりだ。

怪訝顔のちはるに、兵衛はにこりと笑った。

「貧乏だったのは本当さ。長屋なんかをいくつか持っている望月屋《もちづきや》へ婿養子に入るまでは、よく慎介さんに無料《ただ》で食べさせてもらってねえ」

慎介は恐縮した様子で頭を下げる。

「出世払いと言ったのを真に受けて、すでにじゅうぶん払ってくれてるんだ。やっぱり、これ以上の迷惑をかけるわけには」

慎介の言葉を兵衛が手で制す。

「何度言ったらわかるんだい。わたしにとっても、ここは正念場なんだよ。わたしの力量を、義父に見せつけなきゃならないんだから」

怜治は、けっと呆れ声を出す。

「望月屋は、まだ隠居するつもりにならねえのか」

兵衛は肩をすくめた。

「百を超えて生きて、実権を握り続けるんだと豪語しているからねえ」

怜治はうんざりと顔をしかめた。

「妖怪かよ。兵衛が望月屋の主になれる日は永遠にこねえんじゃねえのか」

兵衛は苦笑を浮かべる。

「それならそれでいいさ。だけど朝日屋だけは、潰させやしないよ」

兵衛が表情を引きしめて、真正面から慎介を見た。

「いいね？」

慎介は土間に目を落として、力なくうなずいた。

兵衛は怜治に向き直り、その肩を力強く叩いた。

「あんたも、しっかりしてくれなきゃ困るよ。朝日屋の主になったんだから」

怜治は、むっと眉根を寄せる。

「気楽な雇われ主でいいって話だったろう。おれの腕の見せどころは、ごろつきどもを追っ払う仕事じゃねえか。おれは主という名の用心棒だって言ってたよなぁ」

兵衛は小首をかしげて、にっこり笑う。

「腕の見せどころ以外に仕事がないわけじゃないでしょう。女の料理人を迎え入れたいと言ってきたから、ちゃんとわかっていると思ってたのに。今日届く布団の受け取りは、わたしがしておくから。怜治さんは、仲居や下足番の手配を済ませてきておくれよ」

兵衛は怜治の顔の前で、ぱんぱんと手を叩く。

「ほら、行った、行った。働かざる者は食うべからずだよ。あんたはもう武士じゃないんだから、面目よりも、稼ぎだよ。いつ客が来てもいいように、早く仲居と下足番を探しておいで！」

怜治は舌打ちして、竿とびくを下足棚の脇に置いた。

「ちはる、行くぞ」

「え、あたしも？」

ちはるは怜治と慎介の顔を交互に見た。自分は調理場で働くのではなかったのか。

兵衛がちはるに笑顔を向ける。

「今日のところは怜治さんと一緒に行っておくれ。あの人が怠けないように、しっかり見張っておくんだよ」

「はあ……」

怜治が暖簾をくぐって通りへ出ていく。慎介が目を吊り上げた。

「だから表から堂々と出入りするなって言ってんだろう！」

ちはるは暖簾と勝手口を交互に見た。このまま怜治のあとを追ったら、慎介にどやされるだろうか。

兵衛が苦笑しながら手を振った。

「いいから、さっさと行きな。怜治さんを見失っちまうよ」

通りを行き交う人々にまぎれていく怜治の後ろ姿を追って、ちはるは暖簾の向こう側に走り出た。


迷いのない足取りで、怜治はずんずん大通りを進んでいく。

「どこへ行くの」

「明神下《みょうじん した》の水茶屋《みずぢゃや》だ」

　あっさり答える怜治を、ちはるは睨みつけた。

　水茶屋だと……？

　兵衛の言いつけ通り、本当に怜治を見張らねばならぬのかと情けなくなる。

　本板の慎介は、とても真面目そうな男だった。家主の兵衛も、商売熱心な印象だ。

　今のところ淫《みだ》らな仕事をさせられそうな気配もなく、まずは、ほっとひと安心したのだが――。

「仲居や下足番の手配って、どういうこと？　小さな旅籠だと聞いていたけど、じゅうぶん大きな建物じゃない。それなのに、働き手は、慎介さんと、あんたと、あたししかいないの⁉　布団だって数がそろっていないみたいだし、いったい、どうなってるのよ」

　怜治は面倒くさそうに後ろ頭をかいて足を速めた。道は、まっすぐ北西へ向かって延びている。

「商売敵《がたき》からの嫌がらせでよ。人も、物も、集まらなかったんだ。もとは福籠屋って料理屋だったから、料理に必要な物はたいていそろっているんだがよ」

　すべてそろっていると言わないのは、なぜだ――ちはるは怪訝に思って眉をひそめた。

「福籠屋は、誰かに潰されたの？　さっき、はめられたとか何とか言ってたよね」

「去年現れた商売敵に、そうとうな嫌がらせをされたんだとさ。かなり乱暴な連中だったらしいぜ」

「らしいって――」

「あとで兵衛から聞いたのさ。慎介が耐え忍んでいる時、おれは別の面倒を抱えてた。福籠屋はちょいと値の張る店だったから、食いにきたことなんかねえしよ」

「別の面倒って？」

ちはるは怜治の背中を見つめた。

もしかしたら、何か、のっぴきならない事情を抱えていたのだろうか。だから、ちはるの父の助けになれなかったのだろうか。父が裏切られていたのではないと思いたがっている自分がいる。

「さてな」

怜治は振り向かずに歩いていく。その背中は、ちはるが知りたがっていることなど絶対に教えないと、かたくなに言い張っているように見えた。

ひたすらまっすぐ進み、今川橋から神田へ入って、筋違橋《すじかいばし》に出た。神田川を越えて左に折れ、湯島《ゆしま》へ入る。

朝日屋を出てから、四半時《しはんとき》（約三〇分）ほど歩いただろうか。神田明神のすぐ近く、湯島二丁目に建つ水茶屋の前で、怜治は足を止めた。

葦簀《よしず》張りの簡素な造りだが、中は広く、長床几《ながしょうぎ》がいくつも並んでいる。神田明神へ詣でた帰りか、くつろいだ様子で茶を飲んでいる老若男女で長床几は埋まっていた。近所の者たちの憩いの場にもなっているのか、商家の隠居といった風情の男たちも見えた。

愛想のよい笑顔で客たちの間を行き来する茶汲み女は三人――今、茶釜《ちゃがま》の前で茶を淹れている女はあとの二人よりは年長に見えるが、おっとり微笑みながら茶釜を見つめる姿はどこかあどけなく、花畑で遊ぶのが似合う少女のようにも見えた。

「あいつを引き抜こうと思ってな」

怜治の目線は、茶釜の前に立つ茶汲み女にまっすぐ向いている。ちはるもじっと、その女を見つめた。

女は静かに微笑みながら、さりげなく、あちこちに目線を飛ばしている。ぼんやりしているようで、しっかり周囲に目を配っていた。

ちはるの母おうめが夕凪亭で客に気を配っていた姿が重なる。

「確かに、あの人なら……」

朝日屋で客に料理を運ぶ姿が容易に目に浮かんだ。

ちはるが見つめる先で、茶釜の近くに座っていた老齢の男がそろりと立ち上がった。茶汲み女に近寄って、後ろからそっと右手を伸ばす。いやらしい手つきで、女の尻を狙《ねら》っている。

「あぁ！」

ちはるは思わず声を上げた。このままでは、女の尻が爺《じじい》の手でまさぐられてしまう――。

「あら、嫌だ」

鈴の鳴るような声とともに、ぱしっと鋭い音が辺りに響いた。爺の手が尻に触れる寸前、振り返った茶汲み女がにっこり笑って、伸ばされた手を勢いよく叩き落としたのだ。

叩かれた爺は唇を尖らせて、右手をさすっている。

「たまおさん、痛いよぉ」

「だって蠅《はえ》が飛んできたのかと思っちゃったんだもの」

茶汲み女のたまおは笑みを深めて、長床几を指差した。

「びっくりして煮えたぎるお湯をかけちゃったらいけないから、おとなしく座っていてくださいな。お茶のお代わりなら、すぐにお持ちしますから」

爺はすごすごと長床几へ戻った。だが、すぐに気を取り直した様子で、へらへらとした笑みを浮かべる。

「たまおさん、今度わしが新しい前掛を買ってやるよ。どんなのがいいかのう」

小首をかしげながら、たまおは若い茶汲み女に目を向けた。

「おけいちゃんにも新しい前掛を買ってやるとおっしゃっていましたよねえ。二人おそろいになるのかしら――でも、そうしたら、おかよちゃんだけお古のままね。ひがまれちゃったら嫌だわぁ」

爺が飲みかけていた茶を「げふっ」と盛大に噴き出す。たまおは眉根を寄せた。

「あら、汚い。床几にまで飛んだわ」

若い茶汲み女が駆け寄ってきた。

「ご隠居さん、大丈夫ですか？」

若い茶汲み女は懐から取り出した手拭いで、甲斐甲斐《かいがい》しく爺の着物を拭き始める。たまおは目を細めて、ふっと浅く笑った。

「おかよちゃん、ここはお願いね」

「はぁい」

たまおの顔が、こちらへ向く。客たちの様子にちらちらと目を走らせながら、まっすぐに歩いてくる。

たまおは怜治の前で足を止めると、にっこり笑って一礼した。

「お久しぶりです、怜さま」

怜治が鷹揚《おうよう》にうなずいた。

「元気そうだな」

「おかげさまで」

「だけど、『暮らしに何の変わりもございません』とは言えねえんだろう？」

たまおは苦笑する。

「全部お見通しですか」

怜治は、ふんと鼻を鳴らした。

「お見通しも、何も。兵衛の話じゃ、日本橋の湯屋でも男どもの話題になっているらしいじゃねえか」

たまおの顔がわずかに曇る。

「望月屋さんのお耳にまで……」

怜治はひょいと肩をすくめた。

「あいつは、わりと耳が早い。その上しぶといから、始末に負えねえや」

怜治は腕組みをして、たまおを見下ろした。

「で、どうする。葦簀張りのぼろい水茶屋を、二階建ての立派な茶屋に建て替えるのはいいが、新しくできる二階の部屋で客を取るよう店主に迫られてんだろ？」

茶の給仕だけでなく、色を売る茶汲み女も多かった。

「死んだ小三郎《こさぶろう》のために、これまで操《みさお》を立ててきたのになぁ」

たまおはうつむいた。怜治の言葉を嚙みしめるように、じっと足先を見つめている。

怜治は、にっと口角を引き上げた。

「朝日屋で仲居として働かねえか。住み込まずとも、通いでいい。うちじゃ絶対に、色は売らせねえよ」

　しんみりと切なげな目で、たまおが怜治を見上げる。

「怜さまは本当に、旅籠の主になってしまったんですねぇ……」

　たまおの眼差しを断ち切るように、怜治は顔の前で手を振った。

「早急に返事をくれ。こっちも急いでるんだ」

　たまおは小首をかしげて、ちはるに目を移した。

「あなたも仲居として集められたの？」

「いえ、あたしは……」

　ちはるは言い淀《よど》んだ。「料理人です」と断言する自信が持てなかった。さっき慎介に認められなかったことが、胸にわだかまっている。

　ちはるは拳を握りしめた。慎介に「この手じゃ、料理を任せられねえ」と断言されたのだ。父に教わったことがすべて否定されているのに、どうして胸を張って料理人を名乗れよう。

　だが怜治はあっさりと告げる。

「こいつは調理場に入るんだ。慎介の下で、みっちり働く」

　たまおは、ぱちくりと目を瞬かせた。

「お運びもさせないんですか？」

怜治は首をかしげる。

「慎介が何ていうか知らねえが、料理にかかりっきりになりゃあ無理なんじゃねえのか」

たまおは感心したように、ちはるをじっと見つめた。

「あなた、すごいわ。本当に女料理人なのね」

ちはるは戸惑った。たまおの瞳が、きらきらと輝いている。

うっとり夢見るような表情で、たまおは両手を握り合わせた。ちはるの手に、ぐっと顔を近づけてくる。

「荒れてるわ……軟膏《なんこう》を塗っても治らないのかしら」

たまおは頬に両手を当てて、ちはるの顔を覗き込んできた。

「素敵。一生懸命な証ね。きっと厳しい修業に何年も耐えてきたんでしょう。男に負けないよう、死に物狂いで頑張って――」

たまおは感極まったように目を潤ませた。

「わかるわ！　わたしは女の中で働いているけれど、茶汲み女を馬鹿にする男客はとにかく多いもの。吉原《よしわら》で遊ぶ金はないし、高尚な趣味もないし、近所の茶屋で気晴らしするしか能がないんでしょうけど。安いお茶代で好きなように触れると思われたんじゃ、我慢ならないわっ」

たまおは、ちはるの手を優しく撫でさする。

「一生懸命な手は、美しいわね」

「いや、あの……」

たまおの激しい思い込みに、ちはるは困惑した。確かに、料理屋の仕事は手が荒れる。だが、今のちはるの手は店の台所仕事によってではなく、貧乏暮らしの中で荒れていった証なのだ。長屋暮らしになってからは、軟膏など買う金もなかった。

ちはるの手をいたわるように撫で続けるたまおからは、煎茶《せんちゃ》の香りが漂ってくる。

水茶屋では、小笊《こざる》の中に茶葉を入れて煮立たせた湯をかける漉茶《こしちゃ》が多く出されるが、たまおが淹れた茶はきっと惜しみなく茶葉が使われていて美味いのだろうと思わせるような、豊かな香りだった。

怜治が呆れ顔で、たまおを見やる。

「で、いつから来る？　水茶屋の店主には、おれから話をつけてやるぜ」

たまおは唇をすぼめた。

「断られるとは思っていないんですね」

怜治は肩をすくめる。

「断れば、客を取らされるだけだ。よその店へ移ろうとしたって、許されるはずがねえ。客の待つ部屋へ無理やり押し込まれて、終わりだぜ」

たまおは大きなため息をついてから、挑むように怜治を見た。

「怜さま、守ってくれます？」

「おうよ」

任せておけと言わんばかりに、怜治は胸を叩いた。

「今日から、たまおは朝日屋の仲居だ。これから、さっそく話をつけてくるぜ。ちはるは先に帰ってろ」

怜治は足早に水茶屋を出ていく。振り向きもしない後ろ姿を、ちはるは唖然と見送った。

たまおが嬉しそうに笑う。

「怜さまったら、相変わらずねえ」

ちはるの体が、むずむずとかゆくなった。

「あの……その『怜さま』っていうのは……」

たまおの笑みに陰りが落ちた。

「出会った時は、お侍さまだったから。今でも『さま』をつけて呼んでしまうのよねぇ」

「つきあいは長いんですか？」

「初めて会ったのは、亭主が殺された時だったから――三年前かしらね。つきあいって言っても、たまに怜さまが水茶屋へ顔を出してくださるくらいで」

事もなげに言うたまおの顔を、ちはるは思わず凝視した。

「ご亭主は――殺されたんですか」

たまおはうなずいて、さらりと告げる。

「辻斬《つじぎ》りに遭《あ》ったのよ。火盗改の同心だった怜さまが、夫の仇《かたき》を捕まえてくださったの」

ちはるは言葉をなくした。たまおの笑顔からは、夫を斬り殺された過去など微塵《みじん》も垣間《かいま》見《み》えなかった。

「あなたも、苦労したのね」

ちはるの境遇を推し量ったように、たまおの目が細まった。

「だけど怜さまに拾われたんだから、もう大丈夫よ。これから、よろしくね」

拾われたんじゃない、買われたんだと言いたくなる衝動を、ちはるは抑えた。ここで何か言ったら、たまおの新しい門出に、けちをつけてしまう気がした。


朝日屋に戻ると、布団が二階へ運び込まれているところだった。

「それ全部、階段の上の納戸《なんど》に入れておいておくれ」

運んできた男たちに兵衛が指示を出している。

勝手口から入ったちはるは調理場の土間に立って、次々と担ぎ上げられていく布団をぼんやり眺めていた。

鰹出汁の香りが、ちはるの全身を心地よく包み込んでいる。勝手口の外に用意されていた七輪《しちりん》の炭の香りが調理場の中に入り込んで、そろそろ食材を寄越せとせがんでいる。

広い調理台の上で葱を刻んでいる慎介は布団に見向きもせず、ただ黙々と包丁を動かし続けていた。ちはるが勝手口で「戻りました」と挨拶をしても、まな板から顔を上げなかった。

「それで、仲居と下足番はどうなったんだ」

葱を刻み終えた慎介が、やっと、ちはるを見た。鋭い眼差しに、ちはるは背筋を正す。

「神田明神下の水茶屋に勤めている、たまおさんという方が、仲居として来てくださいます」

慎介は顎に手を当て唸った。

「たまおか……三十路《みそじ》を越えて、ますます女っぷりを上げたって評判だな」

ちはるは目を見開いた。

「あの人が、三十路過ぎ⁉　もっと若く見えたんですけど――」

慎介は苦笑する。

「その辺の小娘にゃ太刀打ちできねえ愛らしさだが、一度は所帯を持った身だからな。熟《う》れた色気を持ち合わせていると、男どもが目の色変えて茶屋に通っているのさ」

たまおの尻に手を伸ばしていた爺の姿が、ちはるの頭によみがえる。水茶屋の主には売色を迫られていたというし、たまおは常に好色な目に晒《さら》されてきたのだろうか。

「たまおが話さねえ事情に踏み込むんじゃねえぞ」

ちはるの表情に好奇心が浮かんでいたのか、慎介に釘を刺された。

「誰だって、詮索《せんさく》されたくねえ心の内のひとつやふたつ、あるだろう」

ちはるはうなずいた。

夕凪亭を失ったことは隠していないが、いたずらに根掘り葉掘り聞かれれば、ちはるとて嫌な気持ちになるだろう。そっとしておいてほしい時もあるのだ。

慎介が入れ込み座敷を見やった。

客は一人もいない。

開け放してある表戸から通りが見えるが、朝日屋の前で足を止めようとする者も皆無《かいむ》だ。みな足早に通り過ぎていく。ちらりと一瞥をくれる者もない。

「ここが旅籠だって、みんな、わかってないんでしょうか」

慎介は頭を振った。

「ちゃんと看板が出てるだろう。兵衛さんだって、あちこちに宣伝してくれてるんだ。わからねえはずがねえ。――邪魔されているのさ」

慎介は大鍋から煮物をよそって、ちはるに差し出した。器を受け取ると、ほんのり甘い醤油のにおいが鼻に入ってくる。腹が、ぎゅるるっと鳴った。

「何だ、腹が減ってたのか。朝飯を食っていなかったのかよ」

ちはるは首を横に振る。

「煮物のにおいを嗅いだら、急にお腹が空いちゃったんです。朝は、怜治のやつが――怜治さんが持っていた握り飯をもらって、ちゃんと食べました」

慎介は微苦笑を浮かべた。

「食って、おれの味を覚えろ」

ちはるは器を握る手に力を込めた。

「あたしを、ここで使ってもらえるんですか」

慎介は顔をしかめて宙を睨んだ。

「朝日屋の主は怜治さんだ。怜治さんが決めたことなら、おれは従うしかねえだろう。後ろ盾になってくれてる兵衛さんも、賛成してることだしな」

「呼びましたか」

兵衛が階段を下りてきた。布団を運んできた男たちを見送ってから、調理場の前に立つ。

「おや、美味そうだ」

ちはるが手にしている器を見て、兵衛は目を輝かせた。

「わたしも食べたいなぁ。慎介さん、少し早いが昼飯にしようよ」

慎介が思案顔で、ちはるを見た。

「さっき塩を振った生鮭《なまざけ》があるから、おめえが焼いてみろ」

ちはるは目を見開いた。

「鮭を買ったんですか。出始めで、まだ値が張っていたんじゃありませんか？」

夏の終わりから秋の初めにかけて獲れる鮭は「初鮭」として高値がついた。また、江戸で生鮭といえば、利根川で獲れる鮭が上物だと言われている。

ちはるは胸の高鳴りを抑えて、慎介を見つめ返す。

「あたしに焼き物を任せられるか、試すってことですか？」

慎介はじろりと、ちはるを睨む。

「馬鹿。任せられるはずねえだろう。賄《まかない》だから、やらせるのよ。身内の口にしか入らねえからって、手抜きするんじゃねえぞ」

「はい」

少々がっかりしながら、ちはるは煮物をいったん置いて、調理台の隅に置かれてあった鮭の切り身四枚を手にした。勝手口の外に出て、七輪の上に鮭を載せる。

皮のほうから焼き始めると、しばらくして、香ばしいにおいが鼻先に漂ってきた。鮭の皮が焦げていくにおいだ。皮が焦げ過ぎないよう気をつけながら、ちはるは身の焼き色をじっと見つめた。塩を振られた鮭の切り身から、脂の乗った旨味のにおいも漂ってくる。

皮がこんがりと焼けた。ちはるは切り身を引っくり返す。脂が落ちて、七輪の中の火が一瞬、歓喜に震えるように揺らめいた。じりじりと鮭の身が焼き上がっていく。

食べ頃の香りがした。ちはるは鮭を皿に載せ、慎介と兵衛の待つ入れ込み座敷へ運んだ。

すでに煮物と、葱の味噌汁と、白飯、卵焼きが置かれている。

「いただきます」

ちはるは、まず湯気の立ち昇っている味噌汁の椀《わん》を手にした。甘い味噌のにおいが優しく鼻をくすぐってくる。汁を口に含めば、絶妙な甘じょっぱさが舌に抱きついてきた。斜め切りにされた葱を嚙めば、味噌汁を吸った、こくのある甘みが口の中に広がる。

ちはるは思わず「んーっ」と唸った。

「具は葱だけなのに、ものすごく贅沢な気分……！」

火が通ってやわらかくなっていながら、しゃっきりとした歯ごたえを残した葱の嚙み心地も素晴らしい。

慎介は、ふふんと鼻を鳴らした。

「千住から届いた、いい葱が手に入ったからよ。余分な物は入れず、葱だけで勝負したんだ」

ちはるはうなずいて、飯茶碗を手にした。白飯の甘い香りに、期待が高まる。

口に入れて嚙みしめたとたん、思わず目を見開いた。

「こっ――この炊き上がりは――」

最高だ。

ちはるは白飯を食べ続けた。しっとりした白飯のほのかな甘みに、うっとり目を閉じてしまう。適度な噛みごたえと、上品な味わいが、ちはるを夢中にさせる。菜《さい》などなくても、いくらでも食べられてしまいそうだ。

「さすが慎介さん、煮物もいい味だねえ」

兵衛の声に、ちはるは目を開けた。

いけない。さっき「おれの味を覚えろ」と言って、煮物を渡されたのだ。食べて、とくと味わわねば。

ちはるは居住まいを正して、煮物の器に向かい合った。両手で持ち、じっと中の具を見つめる。食べやすそうな大きさに切られているのは、人参、里芋、こんにゃくだ。ほんわり漂ってくる胡麻油の香りに、ますます食欲をそそられる。

ちはるは人参を口に入れた。噛めば、絡んだ煮汁の向こうから人参の甘みが口の中に飛び出してきた。次に里芋を食べれば、ほっくり形よく煮えた里芋に汁がよく馴染んでいた。こんにゃくも心地よい噛みごたえで、しっかり中まで味が染み込んでいる。

ちはるは感嘆の眼差しを慎介に向けた。具材本来の味が、よく引き出されている――。

ちはるは卵焼きの皿を手にした。鼻腔《びこう》に、かすかな違和を感じる。

「ん……？」

ちはるは眉根を寄せながら、卵焼きに顔を近づけた。違和感の正体を探ろうと、卵焼きのにおいをくんくん嗅ぐ。

「何やってんだ、おめえ」

「どうしたんだい、ちはる」

慎介と兵衛の声が重なった。二人とも首をかしげて、ちはるの顔を覗き込んでくる。ちはるは、においを嗅ぎ続けた。

「ちょっと待ってください、この卵焼きは……」

ひと口かじって確かめて、ちはるはうなずいた。

慎介が顔を曇らせる。

「何だよ、何か文句でもあるのかよ」

兵衛は卵焼きを頰張って、もぐもぐと嚙んだ。

「いったい何が気になるんだい。美味いと思うけどねえ」

ちはるは一瞬、躊躇した。思ったことを正直に告げてよいものか――。

何でもかんでも言う必要はないのかもしれない……そう思った瞬間、ちはるの脳裏に久馬の顔が浮かんだ。

久馬が作った料理を味見した時、抱いた違和をそのまま放置したら、取り返しのつかない事態に見舞われたのだ。

だから言わずに後悔より、言って後悔する――そう決めただろう――ちはるは卵焼きの皿を置いて、顔を上げ、胸を張って慎介を見た。

「中のほう、少し焦がし過ぎましたね。卵を巻いていく時、引っくり返すのに少し手間取りましたか？」

慎介の肩が、びくりとはね上がる。

「おめえ……においで、それが、わかったってえのか……」

慎介は顔を強張らせながら、ちはると卵焼きを交互に睨んだ。

兵衛が気遣《きづか》わしげな目を慎介に向ける。

「また手が痛んだのかい……？」

慎介はうつむいて、右手を押さえた。

「言い訳なんて、みっともねえ真似はできねえ。やっぱり、おれは料理人を辞めるべきなんじゃないか」

「慎介さん、今さらだよ」

兵衛が慎介の肩をつかんだ。

「散々迷ったあげく、あんたはやると決めたんだ。もう朝日屋は走り出しているんだよっ」

慎介は苦しげにうめく。

「だけど——客が一人も入らねえんじゃあ——」

表口から「おいおい」と声が上がった。ちはるたち三人は振り向く。

曙色の暖簾をくぐってきた怜治が、うんざりした顔で入れ込み座敷の前に立った。

「慎介、泣き言かよ。嘆く暇《ひま》があったら、客の呼び込みでもしやがれってんだ。東海道の宿場なんかじゃ、客引きがすげえぞ。留女《とめおんな》が『ちょいと旦那、今夜はうちに泊まってってておくれよぉ』なんて言いながら、ものすげえ力で腕をわしづかみにして、振り分け荷物をぐいぐい引っ張ってよぉ」

怜治は入れ込み座敷に上がると、ちはるが食べかけていた卵焼きをつまんで口に入れた。

「おっ、うめえな。今日の賄は、いつもより豪勢じゃねえか。ちはるを歓迎する飯ってわけか？　慎介はいつも口うるせえが、いいとこあるじゃねえか」

かかかと笑う怜治を、慎介は不愉快そうに睨みつける。怜治は能天気《のうてんき》な顔で笑い続けた。

「ちはる、早く、おれの分も飯と味噌汁をよそってくれよ。ひと切れ残っている鮭と、こっちの卵焼きは、おれのだろ？　煮物もたっぷり頼むぜ」

ちはるは慎介と兵衛の顔色をそっと窺《うかが》った。慎介は、むすっとした顔で怜治を睨み続けている。ちはるの目線に気づいた兵衛が苦笑して、うなずいた。ちはるは無言で立ち上がり、調理場に入る。

怜治の飯と味噌汁を用意していると、入れ込み座敷にどっかり胡坐《あぐら》をかいた怜治が、ちはるの煮物の残りに手をつけていた。調理場と入れ込み座敷の間には背の低い簡単な仕切りしかないので、向こうの様子が丸見えだ。

「ちょっと！　すぐにあんたの分も持っていくから、あたしの分は食べないでよっ」

怜治は肩をすくめて、ちはるの煮物を頰張る。

「うん、いい味だな。だが慎介、このひと月、毎日ずっと煮物ばかりじゃねえか」

慎介はぷいっと、そっぽを向く。

「煮物は賄のために作っているんじゃねえ」

兵衛がしみじみと煮物の器を見下ろした。

「お客が大勢来てもいいように、毎日たっぷり仕込んでいるんだよねえ。鮭だって、今日こそは客が来てくれるんじゃないかと期待して、奮発したんだろ」

つまり慎介は、料理人を辞めるべきなんじゃないかと言いながらも、朝日屋をあきらめきっていないということか――ちはるは調理場から慎介を見つめた。悔しそうに目元をゆがませている慎介は、怪我《けが》をしてから以前と同じように料理を作れなくなった葛藤《かっとう》に相当苛《さいな》まれているのだろう。

無理もないと、ちはるは思う。味噌汁や煮物の感嘆すべき出来栄えを振り返れば、ちはるが卵焼きに感じたかすかな焦げ具合すら、慎介にとっては恥辱の極みなのだろう。

それでも、料理を作るしかない――白髪が生えるまで料理一筋に生きてきたであろう慎介には、料理の他にできることなど、きっとないのだ。

「じゃあ、客を呼んでくるしかねえな」

あっさり言う怜治に、慎介が憤《いきどお》る。

「どうやって呼んでくるっていうんだ！　それがわからねえから、ひと月もの間、一人も客が入らずに、苦しんできたんだろうっ」

怜治は唸りながら鼻の頭をかいた。

「だよなぁ。ぱあっと派手に宣伝してみるか」

慎介は嚙みつかんばかりの勢いで、怜治に詰め寄る。

「宣伝なら、兵衛さんがしてくれただろう！　あちこちの友人知人に声をかけ、瓦版《かわらばん》まで作ってくれて」

「うーん、やっぱり、ちいっとばかし地味だったんじゃねえのか。福籠屋の騒動を上回る宣伝じゃねえと、人の記憶は上書きされねえぜ」

今度は兵衛が怜治に詰め寄る。

「では、他にどんな妙案が？　まさか代案も考えず、人の行いに、けちをつけているんじゃないでしょうね」

怜治は首をひねって、調理場に顔を向けた。

「早く飯を持ってこい。ぼさっとしてるんじゃねえぞ」

ちはるは、むっと唇を尖らせながら器を折敷《おしき》に載せて運んだ。座敷に置くなり、怜治が食いつく。

むしゃむしゃと動物のように飯を頬張りながら、怜治はちらりと通りに目をやった。開け放してある表戸の向こうの景色は、さっきと何ら変わりない。道行く人々は相変わらず、朝日屋には目もくれずに通り過ぎていく。

「やつらの足を止めさせねえとなぁ」

あっという間に昼飯を食べ終えると、怜治は立ち上がった。

「よし。ちはる、行くぞ」

「どこへ？」と声を上げたのは、兵衛である。

怜治は通りに向かって顎をしゃくった。

「おれたちだけの力じゃ、限度がある。もっと世間の耳目を集められるやつらの手を借りねえと」

首をかしげるちはるに構わず、怜治は表へ出ていく。慎介が拳を振り上げて腰を浮かせた。

「だから表から堂々と出入りするなって、何度言わせれば気が済むんだ。旅籠の主になったんなら、もっと主らしくしてほしいもんだよ。まったく、あの人は――」

兵衛が首を横に振って、慎介を制した。

「わざとだよ」

「え？」

怪訝顔の慎介に、兵衛は目を細めた。

「自分が主らしくないことなんて、怜治さんは百も承知さ。だから今は、表から堂々と出入りしているんだよ」

ちはるは意味がわからず、慎介とともに眉間にしわを寄せた。兵衛が通りを指差す。

「ここは旅籠だ。本来であれば、江戸へ旅してきた客と、江戸から旅立っていく客が何人も、あの暖簾をくぐるんだろうねえ」

ちはるは「あっ」と声を上げた。

「もしかして、客を装っているつもりなんですか⁉」

「ご名答だね」

兵衛の言葉に、慎介は啞然と口を半開きにしている。

ちはるも信じがたい思いで、朝日屋の暖簾を見つめた。

「だけど、それなら、怜治のやつは――じゃなくて、怜治さんは――旅姿で、ここに出入りしなくちゃいけなかったんじゃありませんか。周りには、旅人が入っていったと思わせなきゃいけないんですから」

兵衛は穏やかに微笑んで、首を横に振る。

「わたしはね、『泊まらなくてもいい宿だ』と、周囲の者に宣伝しているんだよ」

ちはるは目を見開いた。

旅籠なのに「泊まらなくてもいい」とは、どういうことだ。

兵衛はにっこり笑って、慎介を見た。

「まず、『朝日屋の飯は美味い』と、世の中に広めたいんだ。だから、飯屋のように、料理だけ食べにきてもらってもいいと、わたしは思っている」

慎介が唇を嚙んで右手を押さえる。兵衛は居住まいを正して、ちはるに向き直った。

「この朝日屋の前身が、福籠屋という料理屋だったのは、知っているかい？」

ちはるはうなずいた。

「商売敵の嫌がらせで、潰されたと聞きました」

慎介の顔が大きくゆがんだ。右手を押さえている左手が、ぶるぶると震え出す。

怒りや恐れが綯《な》い交《ま》ぜになったような慎介の形相は尋常ではなかった。

「まさか、慎介さんの右手も――」

ちはるの言葉に、兵衛がうなずく。

「嫌がらせの仕上げさ。店に居座ったやくざ者たちが暴れて、調理場まで荒らしたんだ。止めようとした慎介さんは、殴る蹴るの乱暴を働かれた上、突き飛ばされて、竈《かまど》に――」

竈にかけられた大鍋の中では、ぐらぐらと湯が煮えたぎっていたという。

ちはるは奥歯を嚙みしめた。慎介の絶叫が聞こえてきそうだ。

兵衛のため息が入れ込み座敷に落ちた。

「慎介さんの手は、以前のようには動かない。それでも、まだ作れるのなら、作ってほしいと、わたしは説き落としたんだ」

兵衛は膝の上で拳を握り固める。

「慎介さんの味は、貧乏でつらかった時期の心の支えだったのさ。美味い物を食わせてもらって、うんと力をつけて、溜まりに溜まった飯代をいつか必ず返すんだと自らに固く誓って、あの頃は頑張っていたんだ。日本橋室町の、ここは、わたしの出発地点なんだよ」

兵衛は曙色の暖簾を睨むように、じっと見つめた。

「こんなところで負けてたまるかってんだ。かつて慎介さんがやくざ者だったから、昔の仲間に因縁をつけられたんだとか。鯵《あじ》のつみれの中に、蚯蚓《みみず》の肉が混ぜ込まれていたんだとか。あれこれ根も葉もない噂を立てられ、誰も寄りつかなくなっても――」

兵衛は慎介に向き直った。その目には、うっすらと涙がにじんでいる。

「わたしは、あきらめたくないよ。こんなことで慎介さんが料理人としての人生に幕を下ろすだなんて、冗談じゃない。絶対に嫌だよっ」

まるで幼子が親に駄々をこねるように、兵衛は身をよじった。

「一陽来復《いちようらいふく》――慎介さん、あんた、わたしにそう言ったよね⁉　どんな厳しい冬の中にいようと、やがて必ず春がくるって。どんな暗い夜の中にいようと、やがて朝日は昇るんだって。どんなに悪いことが続いたって、やがてきっと、いいことも巡ってくるよって」

うなだれる慎介の肩を、兵衛が揺さぶった。

「あんたにだって、きっと、必ず、また運が巡ってくるはずさ」

ぱんぱんっと戸口で怜治が手を打ち鳴らした。

「てめえら、ぐだぐだ言ってねえで、客集めだ。ちはる、さっさと来い！」

ちはるは慌てて飯の残りをかっ込み、表口から外へ飛び出した。


朝日屋から東へ向かい、中ノ橋《なかのはし》、和国橋《わこくばし》を渡って、怜治に連れてこられたのは堺町である。

芝居小屋が建ち並ぶ大通りに立って、ちはるは周囲を見回した。

江戸三座のひとつである中村座の歌舞伎《かぶき》小屋、浄瑠璃《じょうるり》芝居の小屋、説教芝居の小屋に、見世物小屋――茶屋、三味線《しゃみせん》屋、煙草屋なども見える。

通りを行き交う人々からは、酒や鰻のにおいも漂ってきていた。堺町を始めとする芝居町には、芝居見物にくる客を当て込んだ料理茶屋や酒屋、鰻屋、蕎麦《そば》屋なども数多く軒を並べていた。

とにかく人で溢れ返っている。

各店の出入口付近にたむろする人々のうち、ほんの二、三人でいいから朝日屋に来てくれないものかと、ちはるは思った。

「おい、こっちだ」

怜治に促されて歩み寄ったのは、乙姫《おとひめ》一座の前だ。

木戸番《きどばん》が「あっ」と声を上げて、近寄ってきた。

「工藤の旦那じゃございやせんか。今日は、どんな御用で？」

怜治は面倒くさそうに、木戸を顎でしゃくる。

「ちょいと邪魔するぜ」

木戸番の目が、ちはるに向いた。

「おや、今日はお勤めではございやせんので？　綺麗なお嬢さんと一緒に、お楽しみですかい」

うへへと笑って、木戸番は怜治に手の平を差し出す。

「お楽しみだってんなら、今日は木戸銭をいただかねえと――いてっ」

怜治に後ろ頭を叩かれて、木戸番は顔をしかめた。

「うるせえな。今日も大事なお勤めなんだよ」

怜治は背中をかがめて、狭い鼠木戸《ねずみきど》をくぐった。ちはるもあとに続く。

「今は芝居の真っ最中なんですからねっ。お静かに頼みますよ！」

振り返ると、木戸番が膨れっ面で後ろ頭を押さえていた。怜治は木戸番を無視して、ずかずかと奥へ進んでいく。ちはるは木戸番に一礼して、小走りで怜治を追った。

　無銭入場を見張る留番《とめばん》が足早に近づいてくる。怜治の顔を見て、「あっ」と小声を上げた。

「工藤の旦那、今日はどんな御用で」

「座元《ざもと》（興行主）は、どこだ」

　留番は口を引き結んで、目を泳がせる。目線がちらりと、揚幕《あげまく》のほうへ向いた。揚幕の向こうには、客席や舞台がある。

「ふぅん――座元は楽屋か」

　芝居小屋の楽屋は舞台の裏にあった。

　留番が、ぎゅっと怜治の袖をつかむ。

「いや、座元は今お出かけで」

「じゃあ綾人《あやと》は？」

　留番が、ぎくりと身をすくめた。怜治は目を細める。

「へえ――そうかい。わかったよ」

　と言いながら、怜治は楽屋へ通じているらしい廊下へと足を進める。

「工藤の旦那、待っておくんなせえ！」

　追いすがる留番の口を、怜治がふさいだ。

「静かにしねえか。今は芝居の真っ最中なんだろう？」

留番は眉尻を下げて黙り込む。怜治は笑って、留番から手を放した。

「ちはる、行くぜ」

留番を置いて、怜治は長い廊下の奥へと進んでいく。ちはるもあとを追った。

勝手知ったる足取りで、怜治は突き当たりの階段を上っていく。

二階は、しんと静まり返っていた。

ちはるは眉根を寄せる。辺りには白粉や口紅のにおいが満ちていた。焚かれた香のにおいも強く漂っている。

「ここは……?」

「女形《おやま》の楽屋がある中二階だ。本来は、ただの二階なんだがよ」

階段は、さらに上へと延びている。

「三階建ては公儀の許可が下りねえから、二階を中二階、三階を本二階と呼んで、ごまかしていやがるのさ」

役者の階級などによって、楽屋のある階が決まっている。

一階は下級の立役《たちやく》（男役）、二階は女形。三階には中級の立役が集う大部屋の他に、上級の立役や、座頭《ざがしら》（一座の中で最高位の役者）の部屋などがあった。

怜治は二階の奥へ進んでいく。

ぱしっ、ぱしっと鋭い音が上がった。

いくつも並んでいる部屋の、どこから聞こえてきたのだろう。ぴたりと閉じ合わされている各部屋の障子に、ちはるは目を凝らした。

怜治が迷いのない足取りで、奥から二番目の部屋の前に立つ。

「座元、いるかい」

声をかけると同時に、勢いよく障子を引き開けた。

「おや、工藤の旦那――」

着流しの襟を整えながら出迎えたのは、恰幅《かっぷく》のよい中年男である。身にまとっている着流しは媚茶《こびちゃ》色の鮫小紋《さめこもん》で、ずいぶん上等そうだ。帯に差した扇も、きっと値打物《ねうちもの》なのだろう。

障子の前まで歩いてきた中年男を、怜治がじろじろと眺め回す。

「どうだ、芝居のほうは儲かってんのか」

男は愛想笑いを浮かべて、うなずいた。

「おかげさまで、それなりに」

「それじゃ座元の懐には金がたんまり入ってきてるんだな。使い道に困ったら、いつでも言ってくれよ」

「ご冗談を」と、座元は笑う。

「抱えている役者たちを食べさせていかねばなりませんから。それに、衣装代もかなりかさみまして。なあ、綾人」

座元は部屋の奥に顔を向けた。

珊瑚《さんご》色の地に花模様があしらわれた振袖を着て、びらびら簪《かんざし》をつけた可憐《かれん》な乙女がそこに座っていた。

ちはるは、ほうっと息をつく。

女形の楽屋にいるということは、この乙女の本当の姿は男か。ちょんとつつけば泣いてしまいそうな顔立ちといい、ほっそりとした首や華奢《きゃしゃ》な手首といい、どう見ても、とびきりの美少女にしか見えないが。

座元が横目で、ちはるを見た。

「そちらのお嬢さんも、お綺麗ですなぁ。いや、残念。男であれば、ぜひとも乙姫一座に入っていただきたかったのに。うちは男芝居ですからなぁ」

ちはるは両手で頬を押さえた。綺麗と言われて悪い気はしないが、素直に喜んでよいものか迷う。

座元は部屋の真ん中に座ると、怜治に向き直った。

「それで、本日はどのようなご用件で？」

怜治は座元の前にしゃがみ込んだ。

「ちょいと頼みごとがあってな」

「さて、何でしょう」

「場を変えて、ゆっくり話を聞いてもらいてえんだが、いいかい」

座元は片眉を上げる。

「それは、お役目の助力をせよというお話でしょうか」

「いや、実はよ。おれは、もう武士じゃねえんだ」

座元は目を見開いて、怜治を凝視した。

「それは知りませんでした。いったい、なぜ――いつから――」

問いかけて、座元は首を横に振った。何かを察したような顔で、意味ありげな眼差しを怜治に送る。怜治も座元の目を見つめ返して、少し気まずそうな笑みを浮かべた。

「ようございます」

座元は訳知り顔でうなずいた。

「今は聞かずにおきましょう。確かに、長いお話になりそうですねえ。では、明日の夜はいかがですか」

怜治は勢いよく座元の手を握り、ぶんぶんと上下に振った。

「ありがとよ。恩に着るぜ。場所は、追って報《しら》せるからな」

怜治は立ち上がると、綾人に目を向けた。

「ちょいと、あいつと話してもいいかい。ちゃんと座元の言うことを聞いてるかどうか、確かめておきたいからよ」

　座元は再び愛想笑いを浮かべた。

「では、わたしはこれで。明日の夜にまた」

　いそいそと座元は部屋を出ていく。

　ちはるは鼻のつけ根にしわを寄せた。すれ違った座元から、かすかに血の匂いが漂ってきたのだ。

　ちはるは鼻をひくつかせた。

　白粉や口紅、焚かれた香のにおいで気づきにくかったが、よくよく嗅ぎ分けてみれば、この部屋の奥からも血の匂いが漂ってくる。

　ちはるは綾人を見た。

「あなた、怪我をしてるの？」

　綾人は胸の前で両手を握り合わせ、首を横に振る。

　怜治がぴしゃりと障子を閉めた。

「綾人、脱いでみろ」

　小声で命じる怜治におののくように、綾人はふるふると頭を振った。怜治は大股で綾人に近寄り、着物の襟元をぐいっと左右に引っ張る。

　ちはるは目を見開いた。

綾人の胸には大きな蚯蚓腫れが何本も走っていた。

「やっぱりなぁ」

怜治がため息をつく。

「おまえ、座元に折檻《せっかん》されてんだろ。着物で隠れるところは、すべて痛めつけられてるな。商売道具の顔だけは手を出されずに、無事というわけか」

ちはるは、はっと思い出す。

「さっきの『ぱしっ、ぱしっ』て音は——」

「着物をめくられ、扇で脛《すね》でも叩かれたか。それとも、腕か」

綾人は顔を強張らせて、さっと右腕を押さえた。どうやら図星のようだ。

「折檻なんて、どうして——いったい、この人が何をしたっていうの？」

ちはるの問いに、怜治が答える。

「器量よしで、台詞《せりふ》覚えもいい綾人には、あっという間に贔屓客《ひいき》がついた。売れっ子街道まっしぐらの綾人を芝居に出さず、楽屋でいたぶってたってことは、あれだ。座元の誘いを断って、機嫌を損ねたってことだろう」

ちはるは首をかしげた。

「座元の誘い……？」

怜治は呆れ顔で後ろ頭をかく。

「床入りの誘いに決まってんだろうが。座元は衆道《しゅどう》（男色）趣味なんだよ。それも、若いのしか相手にしねえらしい」

「えっ」

ちはるは思わず、まじまじと綾人を見つめた。

「嘘でしょう――」

綾人は悲しげに目を伏せる。

「男姿が似合う女も、いけるらしいですよ。ただし、若ければの話ですが」

ちはるは、げんなりした。さっき綺麗と褒められたことが、いまいましくなってくる。

すべてをあきらめきったような顔で、綾人は力なく微笑んだ。

「年季が明けるまで、わたしは乙姫一座から抜けられません。つまり一生、飼い殺しなんです。親が借金さえしなければ――わたしを座元に売らなければ――何度もそう思って、親を恨みました。だけど、どんなに恨んだって、何も変わりやしません。それどころか折檻は、ますますひどくなるばかり。いっそ座元の言いなりになってしまえば、楽になれるのかもしれないけど――でも――」

綾人は歯を食い縛った。ぽろりと涙が、ひと粒こぼれ落ちる。

「おれが何とかしてやろうか」

怜治の言葉に、綾人は顔を上げた。

「いったい、どうやって……？　工藤さまは、もう武士じゃないんでしょう？　火盗改だった時には助けてもらえたけど、今度は無理ですよ。今日だって、金の無心をするために座元に会いにきたんでしょう？」

　怜治は、にやりと笑う。

「おう、やつもそう思ったみてえだな。もう武士じゃねえと告げたら、値踏みするような目でじろじろと、おれを見ていたじゃねえか。小判の一枚でも握らせて、おれを都合のいい用心棒にでもしようって魂胆《こんたん》じゃねえのか。ったく、怖《こえ》えなぁ。どんな汚れ仕事をしろと言われるのかねえ。おれが綾人と話をさせろって言ったのも、昔の恩を返すために座元の誘いを受けてくれと説得するとでも思ったんだろうなぁ」

　怜治は楽しそうに、うひょうひょと笑う。

「乙姫一座で飼い殺しにされるのが嫌なら、おれに手ぇ貸しな。綾人の人生は、おれが変えてやるよ」

　ふざけ顔から一転して、怜治は表情を引きしめた。

「どうする？　おまえの人生だ。おまえが決めろ」

　しばし綾人は黙り込んでいたが、やがて意を決したように怜治を見た。

「わたしの人生を変えてください。こんなところは、もう嫌だ。わたしは変わりたいんです」

怜治は満足げに目を細めた。

「よし。腹をくくりな。新たな舞台の幕開けといこうぜ」

綾人は凜《りん》と顔を上げ、力強くうなずいた。びらびら簪がしゃらしゃらと揺れる。

まるで芝居の中で仇討《あだう》ちに挑む姫君のようだと、ちはるは思った。


翌日の昼過ぎ、ちはるは怜治とともに東へ向かい、入江橋《いりえばし》近くにある小さな料理屋を訪れた。乙姫一座がある堺町からも近い。

「ここは年寄り夫婦が営んでいる店でな。二人とも、ずいぶん足腰が弱ったってんで、今は気が向いた時にだけ暖簾を出してんのさ。いつ店じまいしようかと、思案中らしい」

ちはるは調理場の様子を見ながら、うなずいた。

「手入れは欠かしてないようね。すぐにでも料理できるわ」

「じゃあ、軒下に鈴を吊るさなくっちゃなぁ」

怜治が鈴を掲げた。猫の首につけるような小さい鈴が、いくつも組み紐《ひも》に結ばれている。約束の店はここだと、座元に知らせる印だ。

怜治が火盗改時代に知り合ったという老夫婦は、一日だけ店を貸してほしいという頼みを快諾《かいだく》してくれた。江戸へ料理修業にきた若い男が、余命いくばくもない年老いた父親に自分の料理を食べてもらいたいが、店の主からは調理場を使う許可が下りなかったのだ

——という怜治の作り話に、まんまと騙されたらしい。

「嘘をつくなんて——何だか胸が痛むわ」

罪悪感に駆られるちはるを、怜治が鼻先で笑う。

「この店の主夫婦は人助けをしたつもりになってるんだぜ。おれたちが綾人を救えば、人助けは嘘じゃなくなる。胸を痛める必要なんかねえだろう」

「そうね……」

ちはるは気を取り直して、青物を手にした。

人参、椎茸、大根、葱、茄子、ほうれん草など——どれもみな、みずみずしい。

土間に置かれた桶の中を覗けば、活きのいい鯛や、牡蠣《かき》が入っている。

「料理は、おまえに任せるぜ。座元には、『おれの色女《いろおんな》（愛人）に店を持たせてえから、料理のことから金のことまで相談に乗ってくれ』って文を届けてあるんだ。どうせ向こうは、おまえの味に期待なんかしちゃいねえ。変に気張った物を作らなくていいからな」

ちはるは唇を尖らせた。

一流料亭の味にはおよばないが、夕凪亭で作っていた庶民の味なら、多少の自信はあるのに——最初から「期待なんかしちゃいねえ」と断言されれば、腹が立つ。

「まあ、できる限りでいいから、綾人にも美味い物を食わせてやってくれ」

ちはるは青物を置いて、振り向いた。

「そういえば昨日、綾人はあんたに『火盗改だった時には助けてもらえた』って言ってたけど、昔も何かあったの？」

怜治は天井を仰いで、大きなあくびをした。

「まあ、ちょいとな」

「ちょいとって、何よ」

怜治は面倒くさそうな顔で、首をぐるりと回す。

「あいつは、たった一人の生き残りなんだよ。押し込まれた大店で、丁稚奉公《でっちぼうこう》をしていてな」

ちはるの脳裏に、何本もの大きな蚯蚓腫れをつけられていた綾人の姿が浮かび上がる。

「あんなひどい目に遭って、まだ――もっと、むごい事件があったの⁉」

怜治は鈴をもてあそぶように、しゃんしゃんと鳴らした。

「あん時は、まだ文吉《ぶんきち》って名でよぉ」

綾人という名は、乙姫一座に入ってからつけられた芸名なのだという。

「事件のあと店はなくなり、あいつはいったん親元へ帰ったんだが――顔が綺麗なもんだから、次の奉公先で、争いの種になっちまってなぁ」

店の主と内儀《ないぎ》がそれぞれに、綾人を自分のものにしようと揉めたらしい。奉公人部屋でも上の者に手を出されそうになり、耐えきれなくなって、実家へ逃げ帰ったのだという。

「醜聞《しゅうぶん》を恐れた主は、綾人を咎めず、そのまま暇を出した。あいつは天秤棒《てんびん》を担いで物売りをしたり、懸命に働いたんだがよ。父親が博打で作った借金のせいで、二年前、新しい役者を探していた座元に売られたのさ」

怜治は鈴を握りしめた。怜治の手の中で、ぶつかり合った鈴が鈍い音を立てる。

「そろそろ表に吊るしてこなくちゃなぁ」

怜治は組み紐の先をつまんで、鈴を揺らした。鈴は再び、しゃんしゃんと美しい音色を上げる。

「じゃあ、料理は頼んだぜ」

調理場から遠ざかっていく鈴の音を聞きながら、ちはるは大鍋いっぱいの湯を沸かした。

今日は綾人のために、精一杯の料理を作ろう。

まず、鰹節で出汁を取る。

湯の中に鰹節を入れ、浮いた物をそっと湯の中に沈めていく。鍋底から湧き上がってくる小さな泡を見ながら、ぐらぐら煮立たせないよう気をつけて、あくを小まめに取り除いていく。

鰹節の様子を見ながら、ちはるは鍋から漂ってくる香りに気を集めた。ここだと思う頃合いで、鍋を火から下ろす。

鰹節が鍋底に沈んだら、再びにおいを嗅ぎ、口に含んで味を確かめ、丁寧に漉《こ》していく。ほうれん草の煮浸しを作った。ほんの少しの醤油を垂らした出汁に、湯がいたほうれん草をつけて、味を馴染ませていく。

「綾人と座元が来たぜ。座元のやつ、二階の座敷でにんまりしてらぁ」

調理場へ顔を出した怜治が腕組みをして、呆れ返ったように天井を見上げた。

二つ並んだ小部屋のうち、片方には布団を敷いてある。ほんの少し開けた襖《ふすま》から布団が見える位置に座元を座らせ、綾人を人身御供《ひとみごくう》として差し出すのだと見せかけ、機嫌よく酒を飲ませて酔い潰す戦法だ。

怜治が何をたくらんでいるのか、ちはるも全容は聞いていないのだが、とにかく酔い潰れた座元の弱みを握る手はずらしい。

ちはるは板場と竈の前を行ったり来たりしながら、怜治を急かした。

「早く、お浸しを座敷へ持っていってよ。今日はお運びの女中もいないんだから、あんたに運んでもらうしかないのよ。それに、あんたがここでぐずぐずしてたら、綾人が危ないかもしれないじゃない」

料理より先に綾人を食わせろと、座元が好色ぶりを発揮したら、どうする。

怜治は肩をすくめて、お浸しの器を折敷に載せた。

「まだ大丈夫さ。綾人に酌をされて、だらしなく鼻の下を伸ばしてたぜ」

「いいから、さっさと行って」

手を振って追い払う仕草をすると、怜治はおとなしくお浸しを持って二階へ上がっていった。

ちはるは息を深く吐いて、焼き鍋に向かい合った。

次は、おからの炒り煮を作る。

人参と椎茸を油で炒め、しんなりしてきたら、おからを加えて炒め合わせる。酒を振り、出汁と醤油で味をつけ、汁けがなくなったら葱を加える。葱に火が通ったら、でき上がりだ。

折よく調理場を覗きにきた怜治が、これも運んでいく。

茄子は縦に厚く切り、たっぷりの油で焼いて、花鰹を載せる。醤油をかけて食べれば、茄子の甘みが花鰹と絡み合って、口の中でとろけるだろう。

大根は、胡麻油で揚げ出しに。食べやすい厚みの輪切りにして、狐《きつね》色になるまで揚げたら、器に移して醤油をかける。大根おろしをちょんと載せ、小口切りにした青葱を散らす。

鯛は丸ごと塩焼きにして、大皿に盛る。

締めは、牡蠣飯だ。

牡蠣の身を殻から外して、濃い塩水で振り洗いし、さっと熱湯にくぐらせたものを、飯が炊き上がる少し手前で土鍋に入れ、仕上げる。土鍋を火から下ろし、ざっくり混ぜ合わせて蒸らせば、でき上がりだ。茶碗によそって食べる時に、醬油で味を調えた熱い出汁をかける。

「これで最後か」

怜治が下げてきた器を受け取りながら、ちはるはうなずいた。

二人分の器は、すべて空になっている。綾人も座元も、出した料理はぺろりと平らげていた。

ちはるは安堵の息をついて、牡蠣飯を怜治に託した。

「あたしにできることは全部やった。あとは、あんたの仕事よ」

怜治は牡蠣飯を受け取って、にやりと笑う。

「任しとけ」

怜治の背中を見送って、ちはるは再び大きく息をついた。少し落ち着こうと、大鍋に残っていた湯を茶碗に汲んで飲む。

ちはるは天井を見上げた。

今頃、二階はどうなっているのか。ちはるは調理場を離れられなかったので、まるで様子がわからない。不穏な物音もしなかったし、怜治がついているので、綾人が手籠《てご》めにされてしまった恐れなどないだろうが――。

心配だ。

調理場のあと片づけをしていると、表口の軒下に吊るしてある鈴が鳴った。

耳を澄ませば、引き戸を開ける音がする。

ちはるは表口へ向かった。

着流し姿の男が二人、草履を脱いで上がってくるところだった。

「おう、来たか。こっちだ」

階段の上から怜治が顔を出す。

「ちょうどいい頃合いだ。手はず通りに仕上げを頼むぜ」

二人の男たちはうなずいて、二階へ上がっていく。

階段の上の怜治が、ちはるを見た。

「おまえの料理のおかげで、座元の酒も進んだぜ」

ちはるは腰に手を当て、胸を張る。

「だったら、あたしにも仕上げとやらを見せなさいよ」

怜治は無言のまま、にやにやと笑って廊下の奥へ引っ込んでいく。

ちはるは階段を駆け上がった。

座元が布団の上に寝っ転がっている。

ちはるは襖の前に立ち、唖然として口を押さえた。

仰向けになった座元は、着物の前を大きくはだけて半裸状態。帯に引っかかった着物は褌《ふんどし》も隠しきれていない。

若い娘であれば、顔を赤く染めて「きゃっ」と目をそらすところだが、ちはるは思わずまじまじと座元の体を見つめてしまった。

腹に墨で大きな顔の絵が描かれている。

ふたつの乳首には、ふたつの目が。膨れた腹には、鼻が。へその周りには、厚ぼったい唇が描かれ――上半身のすべてが、大きな顔になっていた。

「こんなことをして、ただで済むと思うなよ！」

後ろ手に縛られている座元は布団の上でもがきながら、怜治に向かってわめいた。

「気持ちよく酔わせておいて、ちょっとうとうとした隙《すき》に、ふざけた真似を――許さないぞっ」

怜治は座元を無視して、二人の男を布団の脇に呼び寄せた。

「どうだ、瓦版のねたにならねえか」

座元が、かっと目を見開いた。

「瓦版だとっ⁉」

二人の男が冷ややかな目で座元を見下ろす。

「そうですねえ。大きな事件がない時にばら撒けば、ちょっとした暇潰しにはなるでしょう。『麗しい男衆を従えた乙姫一座の座元は変わった趣向がお好き』とか何とか書いて——女形に筆を持たせ、腹に絵を描かせている場面にしましょうか」

「座元の腹の口に向かって、女形が箸で料理を『あーん』と食べさせている絵もいいんじゃないですか」

「ああ、それにしようか」

　男の一人が巾着から絵筆と画帳を取り出す。

「ちょっ、ちょっと待ってくれっ」

　布団に寝っ転がったまま慌てふためく座元に構わず、男は絵筆を動かしていく。

「こんなみっともない姿を瓦版で広められたら、恥ずかしくて江戸の町を歩けなくなるじゃないか。乙姫一座をご贔屓にしてくださっている方々の中には、生真面目なお武家さまもいらっしゃるんだ。こんな馬鹿げた姿を晒したら、つき合いをやめられてしまう！　身の破滅だよっ」

「へえ」と怜治が枕元にしゃがみ込む。

「つき合いをやめられちゃ困るお武家さまってことは、そこそこ身分の高い相手だな。そうかい、生真面目な方なのかい。それじゃあ何としてでも、腹に絵を描かれなきゃ落ち着いて眠れねえっていう、おかしな癖を隠したいよなぁ。座元にとっちゃ真面目な話でも、向こうにとっちゃ、ふざけた馬鹿話と誤解されちまうかもしれねえからなぁ」

「そんな癖、わたしにはないよっ」

顔を真っ赤にした座元の叫びを、怜治は軽く受け流した。

「恥ずかしがらなくてもいいんだぜ。顔が描かれた自分の腹をぽんぽんと軽く叩きながら子守唄を歌っていると、自分で自分を慰めているようで、そのうち安らいで眠くなるんだろう？　芝居が当たるかどうか、毎回ずっと気を張っているんだもんなぁ。癒《いや》しを求めて奇行に走っちまうのも無理はねえさ」

「わたしは奇行なんかに走っていない！　この腹の絵は、おまえが描いたんじゃないかっ」

怜治は哀れむような目を座元に向けながら、絵を描いている男に話しかける。

「恥ずかしさのあまり、人の仕業《しわざ》にしやがったぜ」

絵を描き進めている男は無言でうなずいた。

しばらくすると、座元が突然ごろりと横向きになって、足をじたばた激しく動かし始めた。

「縄をはずせっ。厠《かわや》だ！　厠へ行かせろっ」

怜治は「おや」と首をかしげる。

「しこたま飲んだから、小便したくなったのかい。もうすぐ絵が仕上がるから、まあ、ちょいと待ってな」

「待てないっ」

座元はますます激しく足をばたつかせた。両足をそろえて活きのいい海老《えび》のように曲げたり伸ばしたり、右膝と左膝を絡め合わせたり。

「さっきから我慢してたんだ！　とにかく厠へ行かせろ！　手の縄をはずせっ」

「まったく、子供みてえだなあ」

怜治は笑って見ているだけで、ちっとも動こうとしない。

「頼む！　頼むから、厠へ行かせてくれえっ」

懇願する座元に怜治は唸りながら、ぽりぽりとこめかみをかいた。

「どうしようかなぁ。綾人を散々いじめたやつの頼みなんか、聞く必要があるのかねえ」

怜治は隣の座敷を覗き込んだ。

「どうする、綾人？」

振袖姿の綾人は怯えたように、びくりと肩を揺らした。怜治と一緒になって座元を責め立てようとは思えない様子だ。

座元が頭を振りながら布団を蹴って、芋虫《いもむし》のようにずりずりと体の向きを変える。隣の座敷の隅でうつむいて座る綾人を見つめて、座元は懇願した。

「綾人、わたしの縄をはずすよう、工藤の旦那に言っておくれっ。わたしを厠へ行かせておくれよっ」

綾人はうつむいたまま黙っている。

座元は血走った目を、かっと見開いた。

「早くしろっ。誰のおかげで飯が食えてると思っているんだ！　お前の親の借金を払ってやったのは、わたしだろう！　恩を返せっ」

綾人がのろのろと顔を上げると、座元は畳みかけるように怒鳴った。

「わたしの言うことを聞かないと、どうなるかわかっているだろうな⁉　他の者たちだって、みんな、わたしの言うことを聞いてきたんだぞ。逆らったのは、おまえ一人だけだ。誰からも見向きもされず、一生ずっと孤独のままでいいのかっ」

「へーえ」

怜治が座元の顔の前にしゃがみ込んだ。

「おまえは一生ずっと厠に行けないままでいいのか？」

むっと座元が怜治を睨みつける。

「御上《おかみ》に訴えてやるぞ」

怜治はにっこり笑った。

「できるもんならやってみな。その前に、小便まみれのおまえの恥ずかしい姿が江戸中に広まるがな」

「外道《げどう》め――！」

「あっ、そうだ」

　怜治は両手を、ぱんっと打ち鳴らした。

「伊勢屋《いせや》を呼んであるんだった。もうそろそろ来る頃だなぁ」

　座元の顔が強張る。

「伊勢屋って、乙姫一座の金元《かねもと》（資金提供者）の、あの伊勢屋ですかい？」

　瓦版屋の男の問いに、怜治は「おうっ」と明るく答える。

「座元の趣味嗜好を知っておいてもらったほうが、今後のつき合いのためにもいいんじゃねえかと思って、ちょいと気を利かせておいたのよ」

　座元の目が憎悪に染まる。

「この野郎、余計な真似を――」

　怜治が人差し指で、ぐっと座元の腹を押した。

「あっ――」

　座元は悲愴な顔で叫ぶ。

「やめろっ、出てしまう！」

　怜治はにったり笑って、つんつんと座元の腹をつついた。

「いったい何が出ちゃうのかなぁ。伊勢屋に見られたら、呆れ返って、今後の金を出してくれなくなりそうなものが出ちゃうのかなあ？」

　怜治は座元の腹をぐりぐりと拳で押し回す。

「あっ、やめてっ、やめ――あぁ――」

　座元の絵を描いていた男が、ぱたんと画帳を閉じた。

「元火付盗賊改同心の拷問、恐るべし……」

　怜治は座元の腹を押し続けながら、顔を上げた。

「おっ、描き終わったかい。ありがとよ」

　瓦版屋たちはうなずいて、哀れみのこもった目で座元を見下ろす。

「旦那、そろそろ出てしまうんじゃ――」

　ちはるの鼻が、かすかな異臭を捉《とら》えた。

「え――何か、くさい」

　一同の目が一斉に座元に集まる。座元は必死の形相で首を横に振った。

「でっ――出てない」

　怜治が座元の顔に耳を寄せる。

「え？　出ちゃった？」

「出てない！　まだ出てない！　かろうじて出ていないっ」

　座元は今にも泣き出しそうな顔で目をつぶった。

「頼む、厠に行かせてくれ――謝るから――綾人にしたことは全部、謝るから――後生だっ」

　怜治は座元の肩をつかんで、半身を起こさせた。

「綾人に悪いと思ってんのか」

「お――思ってる――」

「じゃあ綾人を手放すか」

「手放すって――？」

「自由の身にしてやるんだよ」

　座元は歯を食い縛りながら首を横に振った。

「あいつの親に払った金はどうなるっ」

　怜治は座元の腹を足先でつついた。

「忘れちまえよ。でなきゃ江戸のみんなが、小便まみれのおまえの姿を忘れられなくなっちまう」

　座元は悔しそうに、喉の奥で「くうっ」と唸った。

　怜治がせせら笑いを浮かべながら、最後の追い打ちをかける。

「どうする？　今、下で物音がしたぞ。伊勢屋が来たんじゃねえのか」

　座元は観念したように、がっくりとうなだれた。

「わかった——わかったから、厠に行かせてくれ——」

「言質《げんち》は取ったぜ？　証人もいる」

　座元は力なく小刻みにうなずいた。怜治が手の縄をはずしてやる。

「厠は、一階の廊下の奥を右に曲がった突き当たりだ」

　言い終わらぬうちに、座元は顔をゆがめながら立ち上がって、ふらふらと内股で部屋を出ていった。そろりそろりと階段を下りる足音が遠くなっていく。おそらく尿意が強すぎて、勢いよく走ったら振動で漏れてしまいそうなのだろう。

　怜治が綾人の前に立つ。

「喜べ。おまえは自由だ」

　綾人は潤《うる》む目で怜治を見上げた。

「本当に……？」

「本当さ。事のなりゆきは見ていただろう？」

　綾人の目から涙が溢れ出る。

「ありがとうございます……何てお礼を言ったらいいのか……このご恩は、いつか必ず、きっとお返しいたします」

　怜治は小首をかしげて唸った。

「できれば今すぐ返してもらいてえんだがよぉ」

綾人は「えっ」と目を丸くする。

ちはるは綾人と怜治の間に割って入った。

「ちょっと！　最初から、それが目的で綾人を助けたの⁉　いったい綾人に何をさせようっていうのよっ」

「下足番さ」

当然だと言わんばかりの顔で、怜治は綾人に向き直る。

「どうだ、朝日屋って旅籠で働いてみねえか。三食つきの、住み込みだ。悪い話じゃねえと思うがな。どうせ行く当てなんかねえんだろう？」

綾人は目を瞬かせた。

「朝日屋……？」

怜治はうなずいて、ちはるを顎で指した。

「こいつも調理場に入るから、不味い賄が出てくるかもしれねえけどよぉ。本板の慎介が作る飯は美味いから、期待してていいぜ」

ちはるは怜治を睨みつけた。

「ちょっと、あんた！　あたしの作る賄が不味いって、どういうことよ⁉　あたしの料理のおかげで座元の酒が進んだって、さっき言ってたじゃない！」

うるせえと言わんばかりに、怜治は両耳の穴に指を突っ込む。

綾人が微笑んで、ちはるに頭を下げた。

「とても美味しかったです。ありがとうございました……あなたのおかげです」

ちはるは慌てて両手を振る。

「いや、そんな――頭を上げてくださいよ」

綾人は満面の笑みを、ちはるに向けた。ほうっとため息が漏れるような、美しい笑みだった。

だんだんっと、ものすごい勢いで階段を駆け上がってくる足音がした。一同が振り返ると、怒り狂った形相の座元が部屋に飛び込んできた。

「伊勢屋なんか来ていないじゃないか！」

怜治は「はて」と首をかしげる。

「伊勢屋に声をかけたと思ったのは、おれの勘違いだったかなぁ」

「勘違いだと⁉」

怜治は笑いながら座元の肩を叩く。

「すまねえなあ。だが、さっきの約束は守ってもらうぜ。綾人は今日から、朝日屋で働く。うちの者に手ぇ出したら、承知しねえからな」

座元は地団駄を踏んだ。ぎしぎしと床が鳴る。怜治は眉をひそめた。

「やめろ。畳が傷んじまうだろう。この店は借り物なんだ。もし壊したら、おまえに弁償してもらうぜ」

座元は拳を握り固めて、今にも殴りかからんばかりの目を怜治に向けた。怜治は素早く、座元の腹を人差し指で突く。怜治の指は、乱れたままの着物からのぞくへそを指していた。

座元は意表を突かれたように、目をぱちくりとさせる。

怜治は座元の腹に描かれた顔をじっと見つめた。

「間抜けだな」

座元は恥辱に震えるように、ぶるぶると拳を揺らした。

怜治は座元の腹の顔に向かって語りかける。

「小便漏らしたことは、ここだけの秘密にしておいてやるから、朝日屋の宣伝をしてくれよ」

座元が拳をぐっと固く握った。腹に力が入って、腹に描かれた顔が表情を変える。

「そうかい、承知してくれたかい。頼んだぜ」

座元の腹の顔をぽんと叩いて、怜治は部屋を出ていく。瓦版屋たちもあとに続いた。座元は固まったまま、動かない。ちはるは綾人を促して、座元の脇をすり抜け、そっと階段を下りた。

ちはるたちは入江橋近くにある小さな料理屋をあとにして、帰路に就いた。

通りを吹き抜ける強い風に、綾人がさりげなく振袖の裾を押さえる。何気ない仕草が、やけに女っぽい。ちはるなど、裾を押さえようとも思わなかった。

この綾人が本当に、朝日屋の下足番になるのだろうか。たまおと一緒に仲居になったほうが、しっくりくるのではないか――。

ちはるが唸っていると、前を歩いていた怜治が「そうだ、綾人」と振り返った。

「おまえ、名はどうする。文吉に戻るか?」

綾人は立ち止まり、胸に手を当てた。過去を振り返るように、足元に目を落とす。

「わたしは――」

苦しげに顔をゆがめた綾人は、わずかに逡巡《しゅんじゅん》の表情を見せていたが、やがて首を振って、開き直ったように笑った。

「過去には戻りません。文吉でもなく、乙姫一座の綾人でもなく――朝日屋の綾人になります」

怜治は目を細めた。

「そうかい。好きにしな」

怜治は再び前を向いて歩き出す。ちはると綾人もあとに続いた。

西へ向かって、和国橋、中ノ橋を渡り、浮世小路《うきよこうじ》を通って室町三丁目へ。

人通りの多い大通りを三人で闊歩《かっぽ》して、ちはるたちは曙色の暖簾を目指した。

「ただいま帰りました！」

暖簾の下に立って大声を上げれば、調理場の奥から慎介の怒鳴り声が上がる。

「何度言ったらわかるんだ！　おめえらは客じゃねえんだっ。表から堂々と入ってくるな！」

おろおろと戸惑う綾人に、ちはるはにっこり笑った。

「大丈夫。あたしたちが表から入って、朝日屋にちゃんと客が入っていると思わせておいたほうが、きっと本物の客も入りやすいから」

綾人は目を瞬かせた。

「本物の客って……？」

「この旅籠、実はまだ一人もお客が入っていないんだって」

「えっ」

目を丸くする綾人の背中を、怜治が力強く叩く。

「そういうわけで、見目麗しい下足番として、しっかり客を呼び込んでくれ」

調理場から出てきた慎介が腕組みをして、怜治の前に立つ。

「朝日屋は、美味い料理で客を呼ぶんじゃなかったんですかい」

怜治はおどけたように唇を尖らせた。

「へえ。何でだか知らねえが、やっと、やる気になったのかよ」

慎介が、ちはるに目を移す。

「あんな鮭を食わされちゃ、嫌でもやる気になるってもんだ」

ちはるは眉間にしわを寄せる。

「あたしが焼いた鮭……焼き加減がまずかったですか……?」

「その反対だ」

慎介はすねたように、そっぽを向く。

「いい焼き加減だった。死んだ親父さんの教えがよかったんだな」

「え……」

思いがけぬ言葉に、ちはるは声を詰まらせた。

「仕方ねえから、この先は、おれが仕込んでやるよ」

「ありがとうございます!」

ちはるは深々と頭を下げる。慎介は踵を返した。

「いつ客が来てもいいように、支度をするぞ。ぐずぐずするな」

「はいっ」

慎介のあとに続いて、ちはるは小走りで調理場へ入った。

ふと振り向けば、曙色の暖簾の向こうに立ち止まる人影が見える。

「いらっしゃいませ、朝日屋へようこそ」

涼やかな綾人の声が、通りに響き渡った。

第三話　夜明け前

江戸の町が夕日に染まる頃。

曙色の暖簾の前で、足を止める旅姿の男が二人――ちはるは下足棚の脇に立って、旅人たちの様子をそっと窺った。

今度こそ、曙色の暖簾をくぐってくれるだろうか……朝日屋の最初の客になってくれるだろうか……期待と不安が高まって、ちはるは落ち着かない。

旅人たちは、ちはるに気づかず、屋根看板を見上げている。

「こんなところに旅籠なんてあったか？　朝日屋だってよ」

「知らねえなあ。いつも通り、馬喰町の宿へ行こうや」

すっと綾人が二人の前へ歩み出る。

「いらっしゃいませ。二名さまのお泊まりでいらっしゃいますか？」

綾人は、にっこり微笑んだ。尻端折《しりはしょ》りに股引姿《ももひきすがた》で、たすきがけ。どこからどう見ても男の姿だが、ほっそりとした首や華奢な手首が、やけに女っぽい。女形を辞めた綾人はいっさい化粧をしていないが、可憐な乙女を思わせる顔立ちは健在だ。

舞うような仕草で、綾人は朝日屋の入口を指した。

「今すぐ美味しいお食事を召し上がっていただけますよ。さ、どうぞ」

旅人たちは鼻の下を伸ばして、ぼけっと綾人に見とれていたが、すぐに「はっ」と我に返り首を横に振った。

「いや、おれたちには馴染みの宿があるんだ」

綾人は胸の前で手を握り合わせ、男たちの顔を覗き込む。

「でも、うちの料理は美味しいですよ。他の宿には絶対に負けません」

旅人たちは困ったように顔を見合わせた。

「うーん、どうしようかなぁ。そんな潤んだ目で見つめられちゃ、断りづらいぜ」

「そうだなぁ。風呂にはすぐ入れるのかい」

綾人は悲しげにうつむいた。

「お風呂は……ないんです」

旅人たちが不満げに唇を尖らせる。

「それじゃ駄目だな。おれたちはまず風呂に入って、旅の垢《あか》を落としたいんだ。美味い酒と飯は、そのあとだ」

「やっぱり、いつもの宿へ行くぜ」

ああ、また駄目か――。

下足棚の脇で気を揉みながら見守っていたちはるは、がっくりと肩を落とした。やっと最初の客が入ると思ったのに……残念無念だが、仕方ない。ちはるの後ろから、ぬっと怜治が出てきた。綾人を押しのけるように、旅人たちの前に立つ。

「ちょっと待てよ」

「風呂のねえ旅籠なんざ、うちだけじゃねえだろう。馬喰町にだって、内風呂を持っている宿は多くねえはずだぜ。料理も粗末だしよ」

突然出てきた怜治に驚きつつも、旅人たちは得意げに胸を張った。

「おれたちがいつも泊まっている宿には、内風呂があるんだ。料理も、まあまあだしな」

怜治は、むっと眉根を寄せる。

「うちの料理は『まあまあ』じゃねえぞ。ものすげえ美味いんだ。きっと江戸自慢になる」

旅人たちは嘲《あざけ》るように、ふっと鼻先で笑った。

「江戸自慢って――こんな、聞いたこともないような旅籠が？　百川《ももかわ》に行ったんなら、ともかく」

百川は、日本橋瀬戸物町《せとものちょう》の浮世小路にある高級料亭だ。大店の商人たちや、世に名を知られる文人たちの、社交の場となっている。

「百川で卓袱《しっぽく》料理を食ったってんなら、立派な江戸自慢になるだろうけどよぉ」

卓袱料理とは、卓袱台《しっぽくだい》の上に並べて供される料理のことである。数人で卓袱台を囲み、ひとつの器から各自で料理を取り分ける食べ方は、中国からまず長崎に伝わった。箱膳など、一人ずつ膳がつけられた日本では、珍しがられる食べ方だ。

百川は、この卓袱料理を出す店としても知られていた。

「そうさ。百川に行ったってんなら、あちこちに言いふらしたくもなるが。百川のすぐ近くにある旅籠に泊まったからって、何の自慢にもなりゃしない」

踵を返した旅人たちを、怜治が引き止める。

「おい、ちょっと待て！　泊まらなくてもいいんだ。とにかく試しに飯を食っていきゃあいいんだよ。美味かったら、次からは、うちを贔屓にしてくれ。なっ？」

笑いながら脅すような顔で、怜治は旅人たちの前に立ちはだかった。旅人たちは街道のはずれで追い剝ぎにでも遭ったかのように、困惑顔であとずさる。

怜治は大きく一歩前に出て、旅人たちとの間を一気に詰めた。

「何で逃げるんだよ。ちょっと上がって、飯を食っていくだけでいいって言ってんだろうが」

おまえは旅人を宿に引き込む山姥《やまんば》かと問いたくなるような、鬼気迫る目だ。

旅人たちは心細げな顔で、さらに一歩あとずさった。

「怜治さん、いったい、あなたは何をやっているんですか」

旅人たちと怜治の間に割り込んできたのは、火付盗賊改の柿崎詩門である。

詩門は呆れ返った顔で、怜治を軽く睨んだ。

「強引な客引きなどしていては、ご公儀に目をつけられてしまいますよ」

詩門はちらりと横目で旅人たちを見て、早く立ち去るよう手で合図を送った。旅人たちは安堵したように、ほっと息をついて、足早に駆けていく。

詩門は眉間にしわを寄せて、綾人に目を移した。

「若くて美しい下足番が朝日屋に入ったと聞いたが——おまえが乙姫一座の女形、綾人か」

綾人は怯えたように目を伏せて、うつむいた。

「相変わらずの早耳じゃねえか」

今度は怜治が、綾人と詩門の間に割って入る。

「だが、こいつはもう乙姫一座の綾人じゃねえ。朝日屋の綾人だ。しっかり覚えておきな」

やれやれと言いたげに、詩門はため息をつく。

「朝日屋に客を呼び込むため、怜治さんが強引に綾人を引き抜いたと聞きましたよ」

怜治は「あぁん？」と不機嫌丸出しの声を上げた。

「誰に何を聞いたか知らねえが、そいつは間違ってるぜ。綾人は自分から、朝日屋の下足番になるって言ったんだ。おれが強引に引き抜いたわけじゃねえよ」

詩門は生真面目そうな顔で、じろりと綾人を見た。

「まことか」

綾人は慌てた顔で、こくりとうなずく。

「はい。わたしが望んで、朝日屋に参ったのです」

「ほぉら見ろ」

怜治は得意げに笑って、詩門の胸をぱんと叩く。詩門は少々むっとした顔で、朝日屋の中を覗いた。

「ですが相変わらず、客は入っていないようですね」

今度は怜治が、むすっとした顔で詩門を睨む。

「最初の客になるはずだったやつらを、おまえが逃がしちまったんだろう」

詩門は首を横に振る。

「あの者たちは、ここから離れたがっていたではありませんか。客になる見込みは皆無でした」

詩門は土間に足を踏み入れて、誰もいない入れ込み座敷を眺める。

「噂通り、本当に誰もいないんですね」

怜治が肩をすくめて、入れ込み座敷に上がり込んだ。

「それを確かめにきたのか？」

「そんなに暇じゃありませんよ」

詩門は怜治の前に腰を下ろした。怜治は胡坐をかいた膝の上に肘をついて、まじまじと詩門を見る。

「じゃあ何しに来たんだよ」

「少しでも力になれればと思いましてね」

「へえ？」

怜治は、すっと目を細めた。

「お役目以外のことに、おまえが自分から進んで関わろうとするなんざ、いったいどんな珍事だ」

詩門は苦笑して、座敷の床に目を落とす。

「ずいぶんな言い草ですね。怜治さんがあんな辞め方をしたから、心配して来てみたというのに」

たまおが茶を運んできた。怜治はすぐさま湯呑茶碗を取って、がぶりと飲む。熱い茶で舌を火傷したのか、痛みをこらえるように顔をしかめた。

「心配なんかいらねえ。よけいなお世話だ」

たまおは入れ込み座敷の脇に控えて、小首をかしげる。

「怜さま、ありがたいお話なんじゃございません？　火盗改の柿崎さまにも宣伝をしていただけば、朝日屋がまっとうな旅籠だってこと、町のみんなにもわかってもらえるんじゃないかしら」

ちはるは下足棚の脇に突っ立ったまま、綾人と顔を見合わせた。

町のみんなにわかってもらえたら、朝日屋に客が来る――？

綾人が顎に手を当て、通りを見やる。

「確かに、町の評判で客足は左右されますよね。だから怜治さんは、朝日屋の宣伝を乙姫一座の座元に頼んだのですし」

ちはるは、ひくりと口をゆがめた。

「頼んだと言えば聞こえはいいけど、あれは完全な脅しよね」

綾人は困ったように頬を押さえて苦笑した。

あれから五日――座元は本当に、朝日屋の宣伝をするだろうか。

さっき詩門は「朝日屋に客を呼び込むため、怜治さんが強引に綾人を引き抜いたと聞きましたよ」と言っていた。

綾人を連れ帰ったあと、怒った座元が朝日屋の悪評をさらに広めたりしてはいないだろうか――けれど、それならば、詩門はもっと違う言い方をしたはず――最悪の噂が日本橋を駆け巡っているのならば、きっと兵衛の耳にも入って、今頃とっくに駆け込んできているはずだ――。

怜治が、けっと笑う。

「詩門に宣伝を頼むったってよぉ。手荒な詮議をくり返す火盗改だって、町の者たちから嫌われてんだぜ。詩門の宣伝で、よけいに人が寄りつかなくなったら、どうするんだ。やくざ者に因縁つけられた料理屋も、火盗改が出入りする旅籠も、町の者にとっちゃ何ら変わりねえんじゃねえのか」

詩門は心底から嫌そうに顔をしかめた。

「やめてください。わたしが町の者たちから嫌われているのだとすれば、それは怜治さんのせいですからね」

「はあっ？　何でだよ⁉」

嚙みつかんばかりの勢いで大きく開いた怜治の口の前に、詩門は手の平を突き出した。

「二人で一緒に押し込みを捕らえた時のことを覚えていますか？　『一番手強《てごわ》いやつは、おれに任せろ。残りは、おまえに任せる』って、怜治さんは突進していきましたよね」

怜治は首をひねった。

「いつの話をしているんだ。そんなの、いつものことだろう」

詩門は怜治の顔の前で拳を握り固めた。

「ええ、いつものことです。確かに怜治さんは、一味の中で一番強いやつの相手を引き受けてくれました。手強い敵の刃《やいば》を十手《じって》で受け止め、ひるむことなく、ねじ伏せて。さすがでしたよ」

怜治は胸を張って、偉そうにうなずく。詩門は恨めしげに怜治を睨んだ。

「だけど本当に、一番手強いやつの相手だけでしたよね」

「問題はなかっただろう。同心は、おれたちの他にもいたんだし。捕縛を助ける、小者だっていた。万が一、おれたちが取り逃がしたとしても、後ろに控えている与力がしっかり斬り捨てるんだぜ」

火盗改の同心は、危険を顧みずに敵と戦う。それに対して与力は、敵を一網打尽にするため、全体の動きを見て指揮を執る。もし捕方の隙をついて逃げ出そうとする敵があれば、その時は敵の前に立ちはだかって抜刀するのである。

「ええ、そうですね。ですが怜治さんが、わたしのほうに多くの賊を寄越したおかげで、わたしは人質たちの前で次々と何人も倒してゆかねばなりませんでした。悪人相手とはいえ、数多くの者たちを十手で殴り、蹴り、時に抜刀して斬り――人質たちの目には、さぞわたしが恐ろしく見えたことでしょうよ」

怜治は笑った。

「おまえは容赦ねえからなぁ」

詩門は眉間にしわを寄せて、茶に口をつけた。

「あなたに言われたくありませんよ。いつだって、損な役回りをわたしに押しつけるんですから」

詩門は、ふうっと息をつく。

「それに、容赦して、死にたくはありませんからね。わたしたちが追うのは、常に、凶悪な極悪人です。手加減なんて考えていたら、身が持ちません。一瞬の油断が死を招きますよ」

「違《ちげ》えねぇ」

怜治は目を細めて宙を眺めた。まるで置いてきた過去が、すぐそこに現れたかのように。

「で、どうするんです？」

詩門は湯呑茶碗を置くと、眼差しをやわらげた。

「火盗改が嫌われ者なら、元火盗改の怜治さんが主を務める朝日屋の印象だって悪いでしょう。このままでは、福籠屋だった頃の噂も消せませんよ。消すどころか、ひどくなっている恐れすらある」

怜治はいまいましげに舌打ちをした。

「何だよ。兵衛のやつぁ、おれが朝日屋の主になりゃあ、やくざ者どもは近寄らなくなるはずだと言って、おれに泣きついてきたんだぜ。ちくしょう。何とか人を呼び込めれば、おれの善良さが伝わるのになぁ」

ちはるは眉根を寄せて怜治を見た。

「おれの善良さ」とは、よく言えたものだ。まったく。図々しいの一語につきる。

たまおと綾人も入れ込み座敷から目をそらして、吹き出すのをこらえているような顔をしている。

だが、何とか人を呼び込まねばならぬ状況であることに変わりはない。

怜治の善良さ云々《うんぬん》は放っておくとして、今は一刻も早く、朝日屋の悪評を払拭《ふっしょく》せねばならぬ事態なのだ。

ちはるは調理場に目を向けた。

低い仕切りしかない、丸見えの調理場——座って包丁を使う板場ではなく、立って料理をする土間——。

朝日屋は、潰れてしまった福籠屋の間取りを直して開いた旅籠だ。客が食事をするための二階の広い座敷を壊して、宿泊用の小部屋を造ったのはわかる。食事だけの客も受け入れるつもりだというから、一階の座敷を入れ込みに造り変えたのもわかる。

だが、調理場を新しい形に変えた理由は、ただ料理人の数が減ったからというだけではないだろう。

これまでは、まな板の前にでんと座って構えていた慎介も、料理人の数が少なくなれば、自ら忙しく立ち働かねばならない。

座って包丁を握ったほうが体は安定するが、座っていては、すぐに動ける範囲がどうしても狭くなってしまう。あれを持ってこい、それを取ってこいと板前たちに命じられて使われる下っ端がいなければ、器も薬味もすべて自分で用意しなければならないのだ。必要な物は、いちいち動いて取りにいくしかない。

そして、その姿を客たちに見せるために、兵衛が調理場の仕切りを低くしたはずなのだ。本来であれば、料理は内向きの仕事だ。板場などを客に見せることはない。

だが、慎介は――福籠屋は、鯵のつみれの中に蚯蚓の肉を混ぜ込んだという噂を立てられてしまった。得体の知れぬ恐ろしい何かが混ざっている料理など、食べたがる客はいない。

だから悪評を払拭するために、これまで客に見せてこなかった調理場を、あえて見せることにしたのだろう。

ちはるには、その考えがよくわかる気がした。

夕凪亭だって、食材の仕入れ先に嘘があったと疑われ、粗悪な食材を客に出していたと決めつけられたのだ。闇商人から異国の食材を仕入れているという、とんでもない噂まで出回り、火盗改が夕凪亭へ調べに入る騒ぎになったのだ。

どんなに荒唐無稽《こうとうむけい》な与太話《よたばなし》でも、信じる人がいれば、まことしやかに語られ、広まってしまう。どんなに違うと叫んでも、悪評を信じる人の数が多くなれば、やがて聞く耳を持ってくれる人もいなくなってしまう。

近所の人たちや常連客たちが朝も昼も夜も店にいて、どこの誰が調理場に出入りして、何の食材を運んでくるのか、いっそずっと見張っていてくれたらいいのにと、かつて、ちはるは思った。その目で見て、違うと確かめてもらわなければ、不正をしていないという証は立てられないのだ。

あっという間に人々は離れていった。怒るだけ怒ったあとは、見張るどころか、あっさりと夕凪亭に対する興味を失ったようだった。みな夕凪亭を見限って、他の店に通い出したらしい。

あの時、もし誰か一人でも夕凪亭の真実を見てくれていたら、事態は何か変わっていただろうか。

失った過去を取り戻すことはできないが、それでも、ちはるは思ってしまう。

もし、あの時――久馬が作った料理を味見して、違和を抱いた時――何かがおかしいと、声を上げていたら――。

ちはるは歯を食い縛った。

今さら思っても仕方のないことを、何度もくり返し思ってしまう。

後悔の念に囚われて、ちはるの心はすくんでしまう。

本所松井町から日本橋室町へ移っても、自責の念は消えはしない。

「ちはる、どうしたの？　顔が強張っているよ」

綾人に顔を覗き込まれて、ちはるは我に返った。

たまおも心配そうに寄ってくる。

「ちはるちゃん、どうかしたの？　具合でも悪い？　暮らしが変わって、疲れが出ちゃったのかしら。わたしは通いだから、今まで通りの長屋暮らしだけど、ちはるちゃんは朝日屋に住み込みになったんですものねえ」

ちはるの部屋は、庭に増築された四畳半だ。調理場に近く、勝手口を挟んだ向かいには、同じように増築された慎介の部屋がある。

綾人が勝手口のほうへ思案顔を向けた。

「わたしも住み込みだけれど、乙姫一座に比べたら、朝日屋は極楽だもの。ちはるのほうが、新しい暮らしに馴染むまで時がかかるのかもしれないね」

綾人は朝日屋の二階で寝起きしている。階段を上がってすぐ脇にある、六畳の使用人部屋だ。いずれ働き手が増えると見込んで、六畳を割り当てられていたが、まだ人手が増える見通しは立たないので、今は綾人が一人で悠々と一室を使っている。

怜治は、その向かいの四畳半だ。今のところ、主よりも使用人のほうが広い部屋を使っている状態だが、怜治が気にしている様子はまったくない。もともと用心棒を兼ねるつもりでいたせいか、客同士の揉め事や盗難を未然に防ぐため、客室に近い場所で目を光らせるつもりらしい。

一階の表口から入ってきた客たちは、階段を上がり、使用人部屋と怜治の部屋の前を通って、それぞれの客室へ入ることとなる。

入れ込み座敷で胡坐をかいている怜治がちらりと、ちはるに目線を寄越した。

「おい。体が丈夫な者でなきゃ、料理屋の仕事は務まらないんじゃなかったのかよ」

ちはるは、むっと怜治を睨みつけた。

「心配ご無用。あたしは、じゅうぶん元気です。それより、朝日屋にお客を呼び込んで、朝日屋の潔白を見てもらわなきゃ」

ちはるは通りへ目を移す。

「綾人が表口に立つようになってから、暖簾の前で足を止めてくれる人はちらほら出てきたけど、中まで入ってくるお客はまだいないじゃない。このままじゃ、朝日屋は潰れちゃうわよ。あたしたち、何のために集められたのか、わからなくなっちゃう」

ちはるは調理場を見つめた。

調理台の向こうにたたずむ慎介がわずかに目を伏せる。自分のせいで客が入ってこないのだと負い目を感じて、苦しんでいるように。

その姿が、死んだ父に重なった。

ちはるは拳を握りしめる。

「慎介さんの料理に嘘はないって、みんなに見てもらわなきゃ」

そのために、いったい何ができる――？

「朝日屋は、美味い料理で客を呼ぶんだ」という怜治の言葉が、ちはるの耳によみがえった。

百川の卓袱料理にも負けぬ料理を、朝日屋で出せるだろうか。美味いと評判になるような、素晴らしい料理を――。

入れ込み座敷が大勢の客で埋まっている場面を、ちはるは思い浮かべた。みなが満足そうな笑顔で、料理に舌鼓《したつづみ》を打っている姿を。

夕凪亭から朝日屋に場所が変わっても、ちはるがやるべきことは、ひとつだ。

客に、美味い料理を出す。

しかし現状では、その道のりは遠い。食べてくれる客が一人もいないのだから、美味い、不味いという評価以前の問題だ。

いったい、どうしたら、客に料理を食べてもらえるのだろうか。食べてもらうには、まず朝日屋に入って料理を注文してもらわねば――。

食べてもらえれば、慎介が怪しい食材など使っていないと、理解されるはずなのに。

まずは、ひと口だけでも、試しに――。

ちはるは首を横に振った。

怪しい食材が使われているかもしれないと思いながら、わざわざ金を出して料理を注文する者などおるまい。無料《ただ》であれば、味見をしてやろうという者も出てくるかもしれないが。

「ただ飯……」

ちはるの脳裏に、天龍寺の施食会が浮かんだ。天龍寺では施食会のあと、集まった人々に食べ物を振る舞っていた。握り飯や味噌汁などの振る舞い物は、いつも、あっという間になくなって――。

「そうだ、振る舞い飯を」

「舌が肥えている者に、品定めをさせましょう」

ちはるの呟《つぶや》きは、詩門の声にかき消された。

詩門は居住まいを正して、怜治に向かい合った。

「ちはるの申した通り、このまま客が入らねば、朝日屋は近日中に潰れます。やくざ者や蚯蚓の印象を、早急に払拭せねばなりません」

怜治は、ふぅむと唸った。

「で、品定めの結果を瓦版にでもして広めるってか。なるほど、今度は上手くいくかもしれねえなぁ」

詩門は冷ややかな笑みを浮かべた。

「それはまだわかりませんけどね。名の知れた評者に食べてもらって、褒められれば、またとない起死回生の機会になるでしょうが——失敗した時の危険も大きくなります。もし評者が朝日屋の料理を気に入らなければ、この旅籠は今度こそ完全に終わりですよ。自ら世間に生き恥を晒すこととなります」

怜治は、むっと顔をしかめる。

「で、おまえは、江戸中のみんなが納得するような評者を用意できるのかよ。おれには伝手がねえぞ」

詩門は一瞬だけ宙に目線を漂わせてから、うなずいた。

「定廻《じょうまわ》り同心の田辺《たなべ》重三郎《じゅうざぶろう》さまは、いかがでしょうか。町の者たちからの信頼も厚いと聞きますし」

怜治は意外そうな顔で目を見開く。

「おまえ、町方同心とも懇意にしてたのかよ」

詩門は考え込むように腕組みをした。

「懇意というほどの仲ではありませんが、賊を追う中で、何度か手がかりを交換したことがあります」

怜治は「へえ」と目を細めた。詩門は事もなげに続ける。

「さらに、もう一人。戯作者《げさくしゃ》の風来坊茶々丸《ふうらいぼうちゃちゃまる》は、いかがでしょうか」

「誰だ、そりゃ」

首をかしげる怜治に向かって、綾人が声を上げる。

「なかなか面白い物語を書く戯作者ですよ。幅広い作風で、今売り出し中なんです」

怜治は興味なさそうに「ふうん」と生返事をして、耳をかいた。

「田辺と風来坊の二人に、朝日屋の料理を認めさせればいいってわけだな」

怜治は調理場に顔を向けた。

「どうだ、やるか」

慎介は調理台の上で拳を握り固めて、顔を強張らせている。

やりたい——だが、もしまた失敗したら——詩門の言う通り、今度こそあとはない——危険過ぎる賭《か》けなんじゃないのか——そんな葛藤が、慎介の胸の内で渦巻いているように見えた。

ちはるは調理場に駆け込んで、慎介の前に立った。

「評者より、まずは近所の人たちに料理を振る舞いましょう」

慎介は怪訝そうに、ちはるを見下ろす。

「おれの料理に、値はつかねえって言うのか」

ちはるは頭を振った。

「そうじゃない。そうじゃないけど――まずは、わかってもらわないと。慎介さんの料理が――朝日屋の料理がまっとうに作られてるって、ちゃんと近所の人たちにも見てもらわないと」

「そのために、評者を呼ぶのであろう」

入れ込み座敷を見やれば、詩門が心外だと言いたげに、ちはるを睨んでいた。

ちはるは調理場から入れ込み座敷に向かって声を張り上げた。

「だけど、みんな本当に、その評者の言葉を信じるんでしょうか⁉　いったん広まった悪い噂をくつがえすには、やっぱり、直接その目と舌で確かめてもらったほうがいいんじゃないですか⁉」

詩門はすぐさま首を横に振る。

「闇雲に料理を無料《ただ》で配っても、無駄になるだけだ。おまえの案は、話にならぬ」

「おや、なかなかいい考えだと思いますけどねえ」

いつの間にか、兵衛が表口に立っていた。

にこにこと笑いながら、兵衛は入れ込み座敷へ上がっていく。

「ですが柿崎さまのご助力をいただけるとは、本当にありがたいことです」

兵衛は詩門の前に座ると、深々と頭を下げた。

「町の者たちに人気のある方々を評者にして、料理の評判を広めさせるとは、まことに素晴らしい案でございますねえ。失敗した時の危険が大きいといっても、新しい挑戦に危険はつきものですし。ねえ、怜治さん」

同意を求める兵衛に、怜治はうなずいた。

「何もしねえよりは、ましだな。状況が好転しなきゃ、放っておいても、どうせそのうち潰れちまうんだからよぉ」

怜治は両手を打ち鳴らした。

「最後の賭けだ。ぱあっと派手にいこうぜ。評者に料理を食わせる話を、そこら中に言い触らすんだ。乙姫一座の座元にも、舞台の上から宣伝させろ。きっと大勢の見物人が現れるぞ」

兵衛も「なるほど」と手を叩く。

「衆人環視《しゅうじんかんし》の中で、朝日屋が生き残るか否かの大勝負を仕かけるのですな。結果を瓦版で広めるより、きっと成功した時の効き目は大きい」

「おうよ。長引かせても、得はねえからな。丁か、半か、はっきり答えが出るが、明暗は運任せじゃねえ。実力だ。駄目なら駄目で、潔く散るしかねえのさ」

怜治は朝日屋の一同を、ぐっと睨むように見回した。

「おまえらも、文句はねえな」

追い詰められた気持ちで、ちはるはうなずいた。近所の者たちを呼べと言い出したのは、ちはるだ。逃げることはできない。

慎介も調理台に手をついて、袋の中の鼠のような顔をしている。

「やるしかないなら、やりましょう」

綾人の凛とした声が、朝日屋の中に響き渡った。

「わたしには戻る場所なんてありません。できることは何でもやって、みなさんと一緒に朝日屋を守ります！」

下足棚の前で毅然《きぜん》と胸を張る綾人に、たまおが微笑んだ。

「男らしい顔つきになってきたわねえ」

たまおは一同を見回して、笑みを深める。

「わたしもやるわよ。朝日屋よりいい勤め先なんて、そうそう見つかりそうにないもの」

ちはるは調理場で、隣に立つ慎介の顔を見上げた。

静かに見つめ返してくる慎介の目の奥では、覚悟の炎が揺れているように見えた。


評者が朝日屋を訪れるのは、十日後と決まった。

どんな料理を出すか相談するために、朝日屋の一同は入れ込み座敷で車座《くるまざ》になって、膝を突き合わせた。

慎介が腕組みをして唸る。

「十日後といやぁ、重陽《ちょうよう》の節句だ。菊と栗は欠かせまい」

重陽の節句とは、五節句のひとつで、九月九日に菊酒を飲んで邪気を払う年中行事である。山などの高いところへ登り、菊の花を浸した酒を飲めば、災いが避けられ、寿命も延びると考えられていた。そのため、菊の節句とも呼ばれる。

また、重陽の節句には栗飯を食べる風習もあったので、栗節句とも呼ばれた。

「菊酒と栗飯は決まりで――他を何にするかだな」

慎介がぶつぶつと独《ひと》り言《ご》つ。

「旅籠の飯は、だいたい夕飯が一汁三菜だが――節句の祝いということで、もう一品足すか――いや、いつも通りを見てもらわねえと駄目だ。となれば、やっぱり一汁三菜の中に菊を取り入れねえと」

旅籠で出される夕食は、飯、汁、香の物と、焼き魚または煮魚、青物の煮物が多かった。香の物も数に入れて、一汁三菜なのである。

旅籠の朝食はもっと簡単な物で、魚などは出されなかった。

「従来の旅籠とまったく同じ型にはめなきゃいけねえ決まりもないが、長く続かない無理をしても仕方ねえ。客の懐具合によって菜の数を増やしたり減らしたりするような旅籠の真似もしたくねえ――といって、料理宿としての気概は見せなきゃならねえ。うちは一汁四菜を基本とするか。それに、食後の菓子もつけてな」

食後の菓子は、慎介が福籠屋を営んでいた時の名残なのだろう。

「以前は、上菓子屋から毎日菓子を取り寄せていたんだが……今は、それもままならねえ。簡単な菓子を自分たちで工夫しよう」

慎介は顔を上げて、ちはるを見た。

「祝い膳だ。飯は、栗赤飯にする。栗が入ると多少甘くなるから、菜は塩気のある物や、あっさりした味の物がいい」

ちはるはうなずいた。

「ほうれん草と菊のあえ物はどうでしょう。黄色い菊を使えば、彩りも鮮やかになりますし」

慎介が首を縦に振る。

「よし、それに柚子《ゆず》も添えよう」

出した案を即取り入れられて、ちはるの胸が躍った。

「煮物は、筑前煮にしましょうか。それとも厚揚げと葱を使って、あっさりと――」

「煮物にこだわりすぎることはねえ。餡かけ豆腐や、茶碗焼きなんかでもいいんだぜ」

茶碗焼きとは、出汁で薄めた卵の液を茶碗に入れ、魚介類などの具と合わせて火を通し、柔らかく固めた料理――つまり後世の茶碗蒸しである。江戸の初めには蒸さずに弱火で加熱したので、茶碗焼きと呼ばれていた。また、同じように作った物を、茶碗卵と呼ぶ場合もあった。

江戸で「茶碗蒸し」といえば、卵を使わない蒸し物を指すことが多い。生湯葉《なまゆば》や銀杏などをすり下ろし、山芋や豆腐のすった物と混ぜ合わせて茶碗に入れて蒸した物や、棒鱈《ぼうだら》や百合根《ゆりね》などを取り合わせて茶碗に入れて蒸した物など、さまざまな茶碗蒸しが作られていた。

たまおが胸の前で両手を握り合わせ、うっとりと宙を仰ぐ。

「つるんとなめらかな茶碗焼き、食べたいわぁ」

綾人も喉をこくんと鳴らして、うなずいた。

「栗赤飯とも合いそうですね」

慎介は「ふむ」と顎に手を当て、たまおと綾人を交互に見た。

「きのこの餡かけ豆腐なんかもいいと思ったんだが、じゃあ茶碗焼きにするか。魚は、鯛の刺身を煎り酒で——いや、祝い膳だから、頭つきの塩焼きがいいかな。汁は、やっぱり祝い膳だから、蛤《はまぐり》の吸い物か。あと一品——何か、こう——がつんと印象に残る噛みごたえのある物が欲しいな。それと菓子は——」

「おい」

怜治が怒ったような声で、慎介をさえぎった。

「作った料理は、当然おれも味見できるんだろうな。何てったって、おれは朝日屋の主だからな。客に出す料理の味を知っておかなきゃならねえ」

慎介は呆気《あっけ》に取られた顔でうなずいた。

「そりゃあ、もちろん。福籠屋の時だって、いつ誰が何を客に聞かれても困らないように、毎日きちんと全員に味を見させてたんです」

怜治は満足げに、にったりと笑った。たまおと綾人も顔を見合わせて、明るい笑みを浮かべる。

「味見の時には、わたしも駆けつけなくっちゃねえ」

暖簾をくぐってきた兵衛がいそいそと入れ込み座敷へ上がり込む。

「あちこちで朝日屋の宣伝をしているんだから、朝日屋の味を知らなきゃどうしようもないよ」

怜治は、けっと呆れ声を出した。

「何言ってんだ。ただ食いてえだけだろう」

兵衛は笑いながら手を横に振る。

「それは怜治さんじゃないか。『主だから味を知っておかなきゃならねえ』なんて偉そうに言って、味見のために取り分けた分を全部、独り占めして食べてしまうんじゃないだろうね」

怜治は、むっと眉間にしわを寄せた。

「うるせえ。おまえは何のためにここへ来たんだ。早く用件を言え」

独り占めの件は否定しないのかと、ちはるは心の中で突っ込んだ。

慎介は、怜治を横目に苦笑い。たまおと綾人も、くすくす忍び笑いを漏らしている。

兵衛が居住まいを正して、表情を引きしめた。

「乙姫一座の座元に、重陽の膳の評定を舞台から派手に宣伝するよう、しっかり言ってきたよ。力を入れて宣伝しなければ、先日の騒動を面白おかしく大げさに吹聴するってね」

腹に大きな顔を描かれた半裸の座元が「厠へ行かせてくれえっ」と叫んで懇願していた姿が、ちはるの頭に浮かんだ。

怜治は、にやりと人の悪い笑みを浮かべる。

「座元は何て言ってた?」

「明日から必ず宣伝すると約束したよ。わたしが事の顚末《てんまつ》を聞いていると知った時の、座元の顔ったら、まあ——見るも哀れでねえ」

兵衛は同情の色を浮かべながらも、口元をゆるめて怜治を見た。

「怜治さんの指示通り『評者として、戯作者の風来坊茶々丸も呼んである。座元の話をしたら、芝居のねたに使ってくれるかもしれないねえ』と脅したら、ますます悲惨な顔になったよ。赤くなったり、青くなったり。怒り心頭かと思えば、顔をくしゃくしゃにして泣き出しそうになったり」

怜治は「へえ」と感心したように身を乗り出した。

「詩門のやつ、いい人選をしやがったんだなぁ」

兵衛は大きくうなずいて、一同の顔をぐるりと見回した。

「とうに腹はくくっているね？」

一同はそろってうなずく。

兵衛は静かに慎介を見つめた。

「心置きなく戦ってください」

慎介はじっと兵衛を見つめ返したのちに、顎を引いて一礼した。

兵衛は、ちはるに目を移す。

「頼んだよ」

「はい」

みなの目が、ちはるに集まった。

一蓮托生《いちれんたくしょう》――できることは何でもする――けれど慎介とともに調理場を支えられるのは、ちはるだけだ――。

そう言われている気がした。

とうに腹はくくっている――やるしかない――きっと、できる――信じるんだ――。

ちはるは静かに息を吐いて、調理場を見つめた。

あと一品を、どうするか。

みなで頭をひねっても、名案は浮かばない。

怜治と慎介の許しを得て、ちはるは天龍寺へ足を運んだ。寺で作られる精進《しょうじん》料理の中に、何か手がかりがないかと考えたのだ。

仏教には、生き物を殺してはならぬという不殺生戒《ふせっしょうかい》がある。そのため精進料理では魚貝や獣肉が避けられ、おのずと菜食になったのだが、仏教伝来とともに中国から伝わった料理の技の中に、朝日屋の献立《こんだて》を決める糸口が見つかれば――。

室町を出て北東へ進み、両国広小路へ出た。

食べ物の屋台がずらりと並び、天ぷらや烏賊《いか》焼きのにおいが漂ってくる。

見世物小屋へ吸い込まれていく人々は何の悩みもなさそうな顔で、ただひたすら笑いさざめいている。

行き交う人々の波をかき分けて、ちはるは両国橋を渡った。

すれ違う人々もみな笑顔だ。ふと振り返れば、川沿いに建ち並ぶ葦簀張りの茶屋でも、人々は楽しそうに笑い合っていた。

自分一人だけが切羽詰まっているような心地になる。

ちはるは足を速めた。

両国橋を渡り終え、右に折れて少し進めば、一ツ目橋だ。

白壁の御船蔵《おふなぐら》が建ち並ぶ手前を左に折れ、江島《えじま》神社を通り過ぎて、まっすぐ東へ進む。

今日は竪川沿いの道を通らない。かつて夕凪亭があった場所に、憎き真砂庵の暖簾がかかっているのを見て、感傷に浸っている暇はないのだ。

今は一刻も早く天龍寺へと走り、献立の相談をしなければ。重陽の節句は、すぐそこまで迫っている。

大横川に行き当たり、右へ折れれば、菊川町一丁目だ。あとはもう脇目も振らずに、ちはるは天龍寺へ駆け込んだ。


「がつんと印象に残る嚙みごたえ……となᅳ」

ちはるの相談を受けた慈照は「うぅむ」と唸って、庫裡の縁側に置いた小鉢を見下ろした。

「菓子のほうは、餡で何か作ればよいと思うが……さて、何がよいかな」

小鉢の中には、慈照の炊いた粒餡が入っている。

「慈照さまは本当に餡がお好きですよね」

穏やかな笑みを浮かべて、慈照は小鉢を手に取る。

「ちはるも知っての通り、わたしは十の時に親を亡くして、この寺に引き取られた」

十七年前、ちはるが生まれた頃の話だと聞いている。

「前住職、慈英さまの後継として育てていただき、町の人々にも受け入れてもらい、非常に恵まれた身ではあったが——やはり新しい場に馴染むまでは少々時がかかったのだよ。人知れず、庫裡の裏で泣いたこともあった」

慈照は庭の木々に目を移した。

庫裡の裏手にある庭で、どっしり地面に根を張っている銀杏《いちょう》や紅葉の木々は、幼い頃から慈照をずっと見守ってきたのだろうか。

ちはるにとっては、のん気に銀杏《ぎんなん》の実を拾い集めた楽しい思い出の庭も、慈照にとっては、やるせない思い出の庭なのかもしれない。

苦労など何ひとつ知らぬような顔で、慈照はくすりと笑った。

「わたしが泣いていると、慈英さまがよく餡を持ってきてくださってね。『赤い小豆を食べると、邪気が逃げていく。甘い餡を食べると、悲しみも逃げていくよ』とおっしゃって、餡を食べさせてくださった」

慈照はにっこりと笑みを深めた。

「慈英さまは甘い餡が大好きで、毎日のように炊いていらっしゃったが……確かに、甘い物は人の心を救う」

慈照は箸で餡をつまんで口に入れる。もぐもぐと噛みしめ、柔らかく目を細めた。

「疲れた時に食べると、癒されるだろう」

ちはるの口の中に、じゅわりと唾が湧き出る。

「さ、お食べ。きっと疲れも逃げていくよ」

促され、素直に口に運べば、餡の粒と甘みが舌の上に広がった。

ああ、確かに、疲れが逃げていくようだ……。

ちはるは、ほうっと息をついた。

飲み込んで、餡の甘みがじんわり体の中を駆け巡って初めて、溜まっていた疲労の存在に気づけた気がする。

たまおの言った通り、確かに、暮らしが変わった疲れはあったのだ。「心配ご無用」と怜治に向かって言い切ったものの、どうやら、じゅうぶん元気ではなかったようだ。

「どうした？」

そっと優しく問う声に、ちはるは唇を引き結んだ。泣きたくなるような気持ちをこらえて、首を横に振る。

「何でもありません。慈照さまの前だと、張り詰めていなきゃいけない気持ちが、ふっとゆるんでしまって」

慈照が破顔する。

「よいではないか。張り過ぎた糸は、いつか切れてしまう。物事には緩急が必要なのだ。

おまえは朝日屋で頑張っているのだから、たまにここへ来て安らぐがよい」

「はあ……緩急ですか」

文字通り、緩やかなことと急なことである。物事は緩すぎても駄目、厳しすぎても駄目なのだ。

ちはるの中で、何かが引っかかった。

両極にある、反対の物――。

「印象に残る嚙みごたえ……」

正反対の物をいっぺんに食べれば、その嚙みごたえが生まれはしないだろうか。

「硬い物と、やわらかい物を組み合わせたら、どうだろう……」

ちはるの呟きに、慈照が目を見開く。

「なるほど、正反対の驚きだな。では、揚げ物に葛餡《くずあん》をかけたらどうだ？」

江戸で揚げ物といえば、青物に水で溶いた小麦粉の衣をつけて油で揚げた物――つまり精進揚《しょうじんあ》げのことである。魚介類に衣をつけて揚げた物は、天ぷらと呼んだ。

ちはるは首をかしげて唸る。

「揚げ物に餡をかけても、味はいいと思いますけど……歯触りが……さくっとした揚げ物の嚙み心地は、とろりとした餡をかけると、すぐになくなってしまいますよね。ただでさえ揚げ物は、時が経てば、しんなりしてしまう物ですし」

慈照も首をかしげて唸る。

「そうか。印象に残るほどの嚙みごたえではなくなってしまうな」

「はい、たぶん……」

慈照は思案顔で宙を睨んだ。

「では、包み揚げならどうだろう。普茶《ふちゃ》料理の中に、けんちんがあるよ」

普茶料理は、精進の卓袱料理である。江戸初期に来日した明《みん》の僧、隠元《いんげん》によって、黄檗《おうばく》宗の禅寺に伝えられたといわれている。

「けんちんは、細切りにした青物を炒めて湯葉や油揚げなどで包み、それをさらに油で揚げたり、煮たり、焼いたり、蒸したりした物だが……正反対の嚙み心地を口の中で同時に味わわせるのであれば、青物にとろみをつけて何かで包み、からりと揚げるのはどうだろう」

ちはるは思わず「ああっ」と叫んだ。

「いいかもしれません！　包む物も、かりっと歯触りがよくなりそうな何か——焼くと薄い煎餅《せんべい》みたいになる種を、工夫できないでしょうか」

慈照の目が小鉢の餡に向く。

「助物焼《すけそうや》きの皮は使えないだろうか」

小麦粉を水で溶き、焼き鍋の上で薄く延ばして焼いた皮に、餡を包んでくるりと巻いた菓子である。

「助惣焼きは、麩《ふ》の焼きの一種だ。麩の焼きは、焼いた皮の中に味噌などを包んで巻いた物だから――中の具は、味噌で味をつけた、とろみのある青物にしてはどうかな――いや、皮自体に味はないのだから、醬油で味をつけてもいいかもしれない。どちらにしても、油で揚げるのなら、皮から具がはみ出さぬよう、しっかり包み込む形にしなければならぬな」

ちはるは大きくうなずいた。

「慎介さんが『きのこの餡かけ豆腐なんかもいいと思った』って言ってたんです。中の具は、きのこの餡にしたらどうでしょう。醬油で味をつけて、小麦粉の皮で包んで、胡麻油で揚げるんです」

醬油と胡麻油の香りを思い浮かべて、ちはるはごくりと喉を鳴らす。

かりっと揚がった皮の中から、とろりとした醬油味のきのこ餡が出てきたら――。

慈照が立ち上がった。

「試しに作ってみよう。上手くいったら、朝日屋でまた味などを練ればよいのだ」

「はい！」

ちはるも立ち上がった。

急ぎ足で台所へ向かう慈照のあとに続く。

法衣の袖をひるがえして前を行く慈照の背中は頼もしく、ほのかに漂ってくる白檀と餡の香りが、ちはるに優しい安堵を与えてくれた。

天龍寺から帰ったちはるは、すぐに朝日屋の調理場へ飛び込んだ。

ついさっき慈照と一緒に作り上げた包み揚げを、もう一度、今度は一人で作る。

椎茸、しめじ、茄子を炒めて、鰹出汁、醬油、酒で味をつける。ほんの少し葛粉《くずこ》でとろみをつけたら、具はでき上がりだ。

具を包む皮は、小麦粉を水で溶いて裏漉しした物を少量、玉杓子ですくい、焼き鍋の上に薄く延ばして、さっと両面を焼く。

焼いた皮に、とろみのついた具を載せて包む。具を皮でくるりと巻くように包み、両端を折って、小さな長四角の筒のようにした。それを胡麻油で、こんがり狐色になるまで揚げたら完成だ。

胡麻油の香ばしいにおいが辺りに満ちている。ぱちぱちぱちっと油の爆《は》ぜる音に、ちはるは耳を澄ました。包み揚げの周りについている泡の様子を見ながら、油の中で何度か引っくり返し、全体の色を確かめる。

「よし」

菜箸でつかみ、しっかりと油を切った。

ちはるが作るところを、すぐ横でじぃっと見ていた慎介が唸った。

「なるほどな……」

包み揚げをひとつ皿に載せたとたん、手を伸ばしてくる。

「おいっ、慎介！」

入れ込み座敷から怜治が怒鳴った。

「抜け駆けするんじゃねえよ。みんな、今か今かと待ち構えてんだ。おまえも、こっちで食え。ちはる、早く持ってこいや！」

入れ込み座敷へ目を向ければ、怜治も、兵衛も、たまおも、綾人も、みな膝立ちになって調理場へ首を伸ばしていた。四人とも「待ちきれない」と顔に書いてある。

ちはるは苦笑した。調理場と客席の間の仕切りが低いと、良くも悪くも互いに丸見えであると、改めて思った。

人数分の包み揚げを大皿に盛り、入れ込み座敷へ運べば、待ち構えていた一同がごくりと唾を飲む。

怜治が身を乗り出して、包み揚げを凝視した。

「何だ、その茶色い棒みてえな物は」

ちはるは、むっと怜治を睨んだ。

「棒じゃないわよ。包み揚げよ」

怜治は面倒くさそうに顔をしかめる。

「何でもいいから、早く寄越せ」

小皿に取り分けて差し出せば、怜治は引ったくるように皿をつかんで、しげしげと包み揚げを眺め回した。

「八ツ橋《やつはし》を、ぶ厚くしたみてえだな。けっこう堅そうだ」

兵衛が「ああ」と声を上げる。

「八ツ橋って、京の甘い堅焼き煎餅のことだね。八橋検校《やつはしけんぎょう》にちなんで、箏《そう》の形をしているんだっけ」

八橋検校は盲目の箏曲家である。八ツ橋は、八橋検校が案を出した堅焼き煎餅で、検校の死後に箏の形を模して作られたといわれている。

怜治が首をかしげた。

「八ツ橋ってえのは、橋の形をした煎餅じゃなかったか？」

今度は兵衛が首をかしげる。

「はて。そういう説もあったかな」

慎介が、いらっとしたように顔をゆがめた。

「蘊蓄《うんちく》はいいから、早く食べましょう」

みな一斉に、ぱくっとかじりついた。

かりっ。

それぞれの口の中から、小気味よい音が上がった。

一同が目を見開く。

「あちっ——何だ、こりゃ」

怜治が声を上げながら、勢いよく、もぐもぐと口を動かした。

かりっ、かりっ、と口の中で音がする。

兵衛が小刻みにうなずきながら、目を瞬かせる。

「かりっと揚がった皮の中から、とろりとした青物ときのこの餡が出てきたよ」

たまおは目を閉じながら微笑んでいる。

「外はぱりぱりで、中はとろりとなめらか——口の中で、正反対の物が混ざり合ってる。面白いわぁ」

綾人も、目を細めて微笑んでいた。

「醬油の味つけがいいね。きのこと茄子も、秋らしくていい」

慎介が半分かじった包み揚げを皿の上に置き、上から横から眺め回した。

「精進料理のけんちん揚げから思いつきを得たのか……だが、もっと工夫を重ねなきゃ駄目だ」

慎介は立ち上がり、ちはるを見下ろした。

「皮は、もっと薄くしなきゃならねえ。半紙みたいに、ぺらっぺらにするんだ。おめえが焼け」

慎介は悔しそうに右手を押さえる。

「おれのこの手じゃ、究極の薄さは目指せねえ。もし万が一、皮を焼いている間に手に痛みが走ったら、焦がして台無しにしちまうだろう。それか、皮を引っくり返す時に破っちまうだろうな」

慎介はじっと、ちはるの目を見た。

「だから、おめえがやるんだ」

ちはるは唇を引き結び、うなずいた。慎介がうなずき返す。

「よし。さっそく今から修練しろ。本番で失敗は許されねえぞ」

「はい！」

慎介が調理場へ向かう。ちはるも立ち上がり、調理台の前に立つ慎介に並んだ。


あっという間に日は過ぎて、重陽の節句がやってきた。

たまおは入れ込み座敷に菊の花を飾り、綾人は表口の前を掃き清めている。

今日から衣替えだ。日差しは昨日までと何ら変わりないのに、着物が袷《あわせ》から綿入れになって、晩秋の趣《おもむき》がぐっと増した。

ちはるは慎介とともに調理場でたっぷりの湯を沸かし、出汁を引いて、粛々《しゅくしゅく》と料理の支度を進めていく。

「調子はどうだ」

怜治が調理場に顔を出した。今日はきちんと羽織をまとっている。

「詩門のやつは、ちょいと遅れて顔を出すそうだ。どうしても聞き込みに回らなきゃならねえところがあるらしくてよ」

怜治は顎で表口のほうを指した。

「早くも野次馬が集まり始めているぜ。乙姫一座の座元は、どうやら約束をちゃあんと守ったようだ」

ちはるは調理台から顔を上げ、曙色の暖簾に目を向けた。

開け放してある表戸の向こうに、寄り集まっている人々の姿が見える。

ぶるりと身震いがした。

「何だよ、びびってんのか。それとも勇んでやがるのか？」

すかさず怜治に揶揄される。

「どっちにしても、手元が狂って、すぽぉんと包丁を入れ込み座敷へ飛ばさねえように気をつけな。今日の評者の一人は町方同心だ。朝日屋が危険な旅籠と思われて、目ぇつけられたら大変だぜ。下手したら、その場でしょっ引かれちまう」

ちはるは、むっと怜治を睨みつけた。

「どんなに調理場の仕切りが低くたって、ここから入れ込み座敷まで包丁を飛ばすわけがないじゃない。朝日屋が危険だなんて思うやつがいるとしたら、そいつの目は節穴よ。でなきゃ、よっぽど朝日屋を認めたくないわけがあるんでしょうねっ」

怜治はにやりと笑って、ちはるの頭をぐいっと押さえた。

「威勢がいいじゃねえか。最後まで、へばるんじゃねえぞ。慎介の足手まといにならねえよう、しっかり気張りな」

ちはるが怜治の手を払いのけようとしたところへ、兵衛が現れた。

「評者の二人が来たよ。今、店の前の通りをゆっくり歩いてる」

怜治の手が、ちはるから離れていく。

「よぅし、お出迎えといくか。慎介とちはるは料理を始めてな」

ちはるは大きく息を吸い込んだ。

鰹出汁の香りが鼻から入ってきて、体内を駆け巡る。

大きく息を吐いて、気持ちを整えようと努めた。

たすきの結び目をもう一度ぎゅっときつく縛り直して、気合を入れる。

「いつも通りでいけ」

慎介が、ちはるの肩を叩いた。

「今回の評定が決まってから、おめえはひたすら献立の料理を作り続けてきた。まだまだ一人前とは言えねえ身だが、正直、ここまでやれるとは思っていなかった。死んだ親父さんの仕込みもよかったんだろうが、何より、料理に向き合おうとするおめえの心根がよかった」

思わぬ誉め言葉に、ちはるは身を震わせた。

「料理人にとって大事なのは、心だ。それから、とにかく手を動かすこと。おめえの場合は、鼻もな」

慎介は真摯《しんし》な目でちはるをじっと見下ろした。

「この数日の間、おめえはひたむきに小麦粉の皮作りに励んでいたな。おれが紙のように薄く焼けと言ったら、本当に透き通るような白さになるまで薄く焼き上げやがった。水と小麦粉の分量を、何度も何度も吟味し直してよ」

慎介は調理台の上に用意してある食材を眺めた。

「包み揚げの具も、どの大きさに切ったらいいのか、餡のとろみ具合はどれくらいがいいのか、何度も作り直して決めたな」

椎茸、しめじ、茄子、ほうれん草、鯛と、慎介は食材を目で追っていく。

「鯛の焼き加減だって、おめえの自慢の鼻で火の入り具合を判断しても、においだけじゃ駄目だろう？　焦げていく皮の色や、鯛の目の濁り方なんかを見極めて、実際に食べて味を確かめながら、ひとつひとついい塩梅《あんばい》ってえのを覚えていくだろう？」

ちはるはうなずいた。確かに、料理をしている間は鼻以外の感覚も重要だ。

慎介が微笑む。

「料理ってえのはよ、どんなに頭のいいやつがあれこれ献立を考えたって、実際に作ってみなけりゃわからねえ。体に叩き込んだ感覚が物を言うんだ。だから何度も何度も作り直して築き上げた味は、誰にも真似のできねえ宝になるのよ。同じ献立を、同じ食材で、幾人もの料理人たちが同時に作ったって、どれひとつとして同じ味にはならねえ」

慎介はもう一度、ちはるの肩を叩いた。

「この先おめえがどこまでいけるかはわからねえが、この数日の努力は必ず身になっているはずだ。おめえは必死に、料理人としての道を歩もうとしていた。だから、そのままでいけ。足りねえところは、おれが補う。だから、おめえも、おれを助けてくれ」

それは師から弟子への言葉ではなく、一人の料理人が仲間へと向けた言葉だった。

ちはるは慎介の右手を見つめた。

おめえも、おれを助けてくれ――慎介の言葉が頭の中でこだまする。

思うように動かせなくなった右手だから、慎介がちはるに任せた大事な仕事がある。慈照に手がかりをもらい、慎介とともに完成させた、あの一品――。

必ず、美味しく作り上げてみせる。

ちはるは拳を握り固めた。

一人で竈やまな板に向かう時も、決して独りじゃないんだと、ちはるは改めて思う。

調理場に入っていないみんなとも一緒に、重陽の節句の祝い膳を作り上げるんだ。

独りじゃない――。

ちはるは両手で慎介の右手を強く握りしめた。

「絶対できます。やりきってみせます。一陽来復――朝日は、必ず昇るんだから」

慎介の右手にも、ぐっと力がこもった。


入れ込み座敷に並んで座る評者の二人は首を伸ばして、物珍しそうに調理場を眺めた。

「料理人の仕事が、座敷からこんなによく見えるなんて。いや、面白い」

感心したように唸って膝立ちになったのは、総髪《そうはつ》の戯作者、風来坊茶々丸である。ぼっさりした頭だが、着ている物は上等そうな茶の行儀《ぎょうぎ》小紋だ。

「まるで舞台の上に作った大道具のようですなあ」

「まことに」

定廻り同心の田辺重三郎も同意する。こちらは黒羽織に着流しで、町方同心お決まりの恰好である。

座敷から注がれる好奇に満ちた眼差しをひしひしと感じながら、ちはるは調理場で黙々と手を動かした。

　開け放してある表口の向こうからも、野次馬たちの目線が矢のように突き刺さってくる。朝日屋の前に群がる野次馬たちは表口から身を乗り出して、じっと調理場の様子を見つめていた。

「おい、女が料理してるぞ。この旅籠では、女の料理人が飯を作るのか？」

「奥にいる料理人は、福籠屋の主だった男だよなぁ」

「福籠屋ってえのは、ここに旅籠ができる前の料理屋か。やくざ者が店で暴れて、潰れちまったんだったよなぁ。客から見えねえ調理場の隅で、博打をやってたんだっけ。福籠屋の主がいかさまをやらかして、やくざ者を怒らせたんだってなぁ」

「いや、違うぜ。出入りの青物屋とつるんで、ご禁制の薬を作ってたって話じゃねえか」

「それは大伝馬町にあった薬種問屋の話だぜ。福籠屋は、料理に蚯蚓の肉を混ぜてたって店だろ」

　さまざまな声が、ちはるの耳に入ってくる。ちはるの呼吸が乱れそうになった。

　慎介の声が隣で響いた。

「手を止めるなよ」

「おれたちの真実は、きっと料理が証してくれるはずだ」

　ちはるはうなずいて、目の前の食材に気を集めた。

深く息を吐いて、新しい息を吸う。

目、鼻、耳を駆使して手を動かし、料理に全身全霊を傾けているうちに、いつの間にか人目は気にならなくなっていた。

湯がいたほうれん草と菊の花びらを丁寧に混ぜ合わせる。

蒲鉾《かまぼこ》と椎茸と鯛の切り身を入れた茶碗焼きに静かに火を入れる。

小鯛は丸ごと塩焼きで。

栗を入れて炊き上げた赤飯には黒胡麻を散らす。

蛤の吸い物には昆布出汁を使い、酒とひとつまみの塩だけで味を調《ととの》える。

慎介と二人で手分けしながら、心を合わせて、次々に料理を作り上げていった。

そして慈照の助けを得て、慎介とともに完成させた包み揚げの仕上げにかかる。

何度もくり返し作ってきた物だから絶対にできると自分に言い聞かせ、ちはるは包み揚げの皮を焼いた。無心で手を動かせば、透き通った紙のように薄い小麦粉の皮ができ上がった。

その皮の上に慎介が作った餡を載せ、風呂敷の中に贈り物を入れるように包んでいく。きっちり包み込んだら、こんがり狐色になるまで胡麻油で揚げる。

「ううん、いいにおいだ！」

入れ込み座敷の風来坊茶々丸が鼻の穴を膨らませて歓声を上げた。

「あれはいったい何を揚げているんでしょう？」

田辺重三郎も鼻をひくひくと動かしながら唸る。

「はて。天ぷらとは違うようですが」

入れ込み座敷の声を耳にしても、もう動揺しない。

ちはるは目の前の料理に細心の注意を払いながら、慎介とともに盛りつけた器を四つ足の膳に載せていった。

ちはるは顔を上げた。調理場の入口では、たまおが待ち構えている。

「お願いします」

たまおはうなずいて、入れ込み座敷に酒と膳を一人分ずつ運んでいった。

「重陽の祝い膳と菊酒でございます。どうぞお楽しみくださいませ」

評者の二人は目を輝かせて膳の上を見つめている。

茶々丸がにこにこ笑いながら品数を数えた。

「これは豪勢だ。旅籠の料理だというから、一汁二菜か三菜かと思っていたのに、四菜もあるぞ」

重三郎は入れ込み座敷に飾られた菊の花に目をやった。

「重陽の祝い膳というからには、いつもより手の込んだ品なのであろうな。節句にちなんだ膳だから豪勢にしたのか、それとも我ら評者を喜ばせるために豪勢にしたのか」

たまおは凛と胸を張り、重三郎に向かって微笑みかけた。

「朝日屋では常に、お客さまに楽しんでいただける料理をお出しできるよう心がけております」

「では、いつ誰が来ても同等の膳を食べられると？」

重三郎の問いに、たまおは笑みを深めた。

「もちろんでございます。朝日屋は、美味しい料理でお客さまに覚えていただける宿を目指しております」

たまおの声が辺りに響き渡る。きっと重三郎だけでなく、表にいる野次馬たちの耳まで届くように声を上げたのだ。

重三郎が膳に目を落とした。

「ふうむ……」

まず、ほうれん草と菊のあえ物に箸をつける。その隣では、茶々丸がすでに、あえ物を食べ終えていた。

「しっかり歯ごたえを残した湯がき加減がちょうどいい。控えめな味つけが、ほうれん草と菊の味を際立たせていた。ほうれん草の緑と、菊の黄色で、彩りもよかった」

茶々丸の言葉に、重三郎も咀嚼《そしゃく》しながらうなずく。

次に二人は茶碗焼きに手を伸ばした。匙《さじ》ですくって、ぱくんと口の中に入れる。

茶々丸がうっとり目を細めた。

「はあぁ、これは美味いぞ。よく出汁が利いてる」

嬉しそうに声を上げる茶々丸の隣で、重三郎が同意を示す。

あっという間に食べ終えて、菊酒を口に含むと、茶々丸は小鯛の丸焼きにかぶりつく。

「おぉ、いい塩加減だ。身がふっくらと焼けている」

重三郎も負けじと小鯛の身をほぐして口に入れた。

蛤の吸い物を飲み、栗赤飯を口にして、包み揚げの皿を手に取る。

「これはいったい何だ？」

重三郎が眉間にしわを寄せて、包み揚げを凝視した。

「こんがり狐色で、ほぼ真四角の、まるで小箱の形をした煎餅のような――」

「そちらは『秋の玉手箱《たまてばこ》』でございます」

たまおの説明に、評者の二人が目を瞬かせる。

「小麦粉で作った皮の中に、しめじ、椎茸、茄子、鮪《まぐろ》のほぐし身を、餡にして閉じ込め、包み揚げにいたしました」

評者の二人は小首をかしげながら、包み揚げをかじった。

ぱりっ。ぱりぱりっ。

評者の二人は目を見開いた。自分の口の中から響いてくる音に、驚いたかのように。

もぐもぐと嚙みながら、評者の二人は顔を見合わせた。

「はうぅ——何だ、これは——」

桃源郷《とうげんきょう》に迷い込んだ子供のような顔で、茶々丸が首を横に振る。

「中から、とろぉりと餡が溢れ出てきた。きのこも、茄子も、鮪も、それぞれが味や嚙みごたえを主張しながら、餡として見事に混ざり合っている」

信じがたいと言いたげに、重三郎も首を振る。

「しかも、外の皮の歯ごたえといったら——小気味よい音が上がるほど、ぱりっぱりに揚がっているではないか。それが口の中で餡と絡み合い、溶け合って——何と、まあ——」

二人は言葉を失った。箸でつまんだ残りの半分を無言で頰張る。

ちはるは調理台の前に立ち、隣に並んだ慎介の顔を見上げた。

満足そうに目を潤ませた慎介が評者の二人を見て、何度もうなずく。

「仕切りの低い調理場ってのも、いいもんだな」

慎介が思わずといったふうにささやいた。

「客から仕事場が丸見えだなんて、とんでもねえと初めは思ったが——こうして自分の作った物を食べてくれる人の顔が直接見えるってえのは、励みになる」

「はい」

確かに、調理場の仕切りが低くなかったら、ちはると慎介が作り上げた『秋の玉手箱』

を食べた時の二人の顔は見ることができなかった。

嚙んで、ぱりっと音が上がった時の、二人の驚いた顔――そのあとで、いかにも美味い物を味わっているというような、二人のゆるんだ顔――。

食べた瞬間の表情がすべてではなかろうか。

ちはるは、ほうっと息をついた。

膳の上の料理がすべて食べつくされる頃合いを見て、たまおが食後の茶を淹れる。ちはると慎介が作り上げた菓子の皿と一緒に運んでいった。

評者の二人は目の前に置かれた菓子を眺めながら茶を飲んだ。

茶々丸が目を細めて皿を持ち上げる。

「見事に色づいた柿ですな。傷もなく、皮が艶々《つやつや》と輝いている」

重三郎も皿を手にして、首をかしげた。

「まことに美しい柿だ――しかし、皮もむかずに丸ごとひとつとは――このままかぶりつけというのか？」

たまおは笑顔で首を横に振った。

「へたをつまんで、持ち上げてみてください」

二人そろって、柿のへたをつまみ上げた。

「おお、柿が器になっているのか」

「なるほど、それで匙がついていたのだな」

柿の実の上側を薄く横に切り、大きく残した下側の実をくり抜いて作った器である。

「中に入っているのは、こし餡か――うん？　くり抜いた柿の実も入っているな」

じっくり味わいながら呟く茶々丸に、たまおが説明する。

「熟れた柿の実と、こし餡で作った、柿羊羹《ようかん》でございます」

評者の二人は晩秋を慈しむような目で柿の器を眺めながら、羊羹を匙ですくって食べ進めた。

二人の満足そうな表情を見て、ちはるは改めて安堵した。

食後の菓子も喜んでもらえたようで、よかった――。

ちはるの胸いっぱいに充実感が広がった。

朝日屋は、きっと認めてもらえる――大丈夫――これからも、やっていける――。

表口から身を乗り出して評者の二人を見つめている野次馬たちが、うらやましげな声を上げた。

「いいなぁ。おれも食いてえなぁ」

「よだれが出ちまったぜぃ」

「朝日屋は、泊まらなくても入れるんだってな。料理を食うだけでもいいって聞いたぜ」

「それじゃ、おれたちも、あの料理を食えるってわけかい」

通りから聞こえてくる声に、ちはるは拳を握り固めた。

やった——見物人たちにも料理を食べてみたいと思ってもらえた——！

胸の奥からほとばしる充実感は勢いを増して、体の外まで溢れ出そうだ。

柿羊羹を食べ終えた重三郎が、ふと眉をひそめた。表口に集まっている野次馬たちにちろりと目を向け、小首をかしげて唸る。

「もし、我らが食べた膳と同じ物を大勢の客に出すとして……『玉手箱』なる包み揚げは大丈夫なのか？　多くの油を使う揚げ物料理は、ご公儀により禁じられておるが」

火事の多い江戸の防火策のひとつである。

屋内での揚げ物料理が禁じられたため、江戸では天ぷらの屋台が数多く出た。川の近くに天ぷらの屋台が建ち並んだのも、いざという時に川の水で消火できると期待されたからである。

入れ込み座敷の隅に黙って座っていた怜治が「けっ」と小馬鹿にしたような声を上げた。

「うちにだけ、けちつけてんじゃねえよ。公儀の威光が落ちたこの頃じゃ、お座敷天ぷらってやつだって、けっこう広まってきてんだろう」

重三郎は「うっ」と口ごもる。怜治はにやりと笑って畳みかけた。

「確か、日本橋の南詰で屋台を出していた男が、木原店《きわらだな》の自宅で天ぷらを揚げ、客に出したのが始まりだったよなぁ。今から二十年前くらいの話だったか？　朝日屋で揚げ物料理をしちゃいけねえってんなら、何で、よその天ぷら座敷が全部取り潰されねえんだよ。ついでに言うなら、寺の台所で精進揚げを作るのも禁じろってんだ」

表口から中へ顔を入れて聞いていた野次馬たちも、怜治の言葉にうなずいて、「まったくでぃ」と声を上げる。

「朝日屋の『玉手箱』だけが駄目っていうのは、おかしいよなぁ」

「そうだ、そうだ」と、表口に集まった男たちが騒ぐ。

怜治が重三郎にすり寄って、ぽんと肩を叩いた。

「朝日屋は、天ぷら屋じゃねえ。旅籠なんだ。毎日必ず揚げ物料理をするわけでもねえしよぉ」

重三郎は、こほんと咳払いをした。

「まあ、天水桶の用意をちゃんとすれば……」

「当ったり前じゃねえか！」

怜治は声を大にして、重三郎の背中をばんばんと叩いた。

「朝日屋には、元火盗改のおれがいるんだぜ。天水桶の中は、常に満杯にしておくに決まってるじゃあねえか」

自信満々に胸をそらす怜治を、野次馬たちが感心したように見つめた。

「火盗改は、盗賊だけじゃなく、火付けを捕まえるのも大事なお役目だもんなぁ。元火盗改が新しい主になったんなら、この旅籠の火の用心は確かだろうぜ」

「戸じまりも安心そうだ」

野次馬たちの顔に笑顔が浮かんだ、その時——。

「おれの財布がないっ。掏摸《すり》だ！」

人垣の向こうで叫び声が上がった。

野次馬たちはどよめいて、朝日屋に背を向ける。

「どいつが掏摸だ⁉」

「走って逃げてったやつはいねえか⁉」

腰を浮かせた重三郎を、怜治が制した。

「町方の旦那が出張るほどの騒ぎでもねえや」

怜治は面倒くさそうに立ち上がると、草履に足を突っ込み、表口へ向かった。

「おらおら、てめえら、どけいっ。邪魔だ！」

戸口に寄り集まっていた野次馬たちをかき分けて、怜治は外へ出ていく。

いったい何をどうする気なのかと、ちはるは思わず調理場を出て、たまおたちと一緒に敷居の内側から外の様子を窺った。野次馬たちは怜治に散らされて、朝日屋の前の人だかりは少しまばらになっている。

怜治は通りに立って、周囲を見回した。江戸茶色の着物をまとった中年男を指差す。

「財布を掏《す》られたのは、おまえだな?」

怜治に指された江戸茶の男は青ざめた顔でうなずいた。

「朝日屋の入口に陣取って、評者が食べるのを見ていたら、無性に腹が減っちまってよ。何か食いにいこうと思って、戸口から離れたんだ。ふと懐に手をやったら、財布がなくなってた」

怜治は訳知り顔でうなずくと、今度は利休鼠《りきゅうねず》の着物をまとった初老の男を指差した。

「おまえも戸口にいたな」

利休鼠の男は戸惑ったように眉をひそめた。

「ああ、いたさ。だが戸口にいたのは、おれと、そいつだけじゃない。もっと大勢が群がっていたぞ」

怜治は大きくうなずいて、利休鼠の男の前に立つ。

「まったく、その通りだ。だが、掏られた財布がひとつなら、掏ったやつも一人のはずだぜ。その一人が誰かっていうと――」

怜治は利休鼠の左袖をちょいとつまみ上げた。

「何をするんだ。放せ!」

利休鼠の男は怒り声を上げて、袖を引いた。怜治はすかさず、ぐるりと男の背後に回り込む。

「まあ、怒るなよ」

と言いながら、後ろからぬっと手を伸ばして、今度は利休鼠の右袖を引っ張った。

「だから、やめろって――」

利休鼠の男は途中で言葉を失った。

左手で利休鼠の袖をつまみ上げた怜治が、右手を高く上に掲げている。その右手には、唐草《からくさ》模様の財布が握られていた。

「あっ、おれの財布！」

江戸茶の男が叫んだ。怜治は江戸茶の男に向かって財布を差し出す。

「間違いねえな？」

江戸茶の男は財布をじろじろと眺め回してうなずいた。

「間違いねえ。確かに、おれのだ」

怜治は江戸茶の男に財布を渡すと、利休鼠の男に向き直った。

「やっぱり、おまえだったな」

利休鼠の男は、がっくりと首《こうべ》を垂れた。

「参りました……」

野次馬たちが一斉に歓声を上げる。

「すげえ！　いったい、どこから、どうやって財布を抜き取ったんだ⁉」

「手妻《てづま》みたいだったぜ！　まったく見えなかったぞ」

「目にも留まらぬ早業だったなぁ」

怜治は慰めるように、利休鼠の肩をぽんぽんと軽く叩いた。

「残念だったなぁ。朝日屋の前で悪さを働いたのが、運のつきだったぜ。このおれさまに目ぇつけられちまったら、逃げられねえからよぉ」

野次馬たちの歓声が大きくなる。

「さすがは元火盗改だ！　頼りになるぜぃ」

「今日の評者は町方の旦那なんだろう？　町方の旦那も出入りして、元火盗改が主を務める旅籠じゃあ、盗人はおいそれと近づけねえや」

「宿で寝ている間に金を盗られたなんて話もよく聞くからなぁ。その点、朝日屋なら安心ってわけだ」

野次馬たちは心酔《しんすい》するような目を怜治に向けて、再び寄り集まってくる。

怜治は利休鼠の男の腕を引っ張って、朝日屋の表口まで戻った。

曙色の暖簾の下に立つと、怜治は「おうおうっ」と声を張り上げる。

「さあ、お立ち会い！　宿は安心、安全が一番だ！　定廻り同心、田辺重三郎さまからお墨つきをいただいた朝日屋以上に安心、安全な宿が、この江戸のどこにあろうかってんだ！」

野次馬たちは調子よく手を叩いて「いいぞ、いいぞ！」と、かけ声を飛ばす。ちはるは敷居の内側に立ったまま、ちらりと入れ込み座敷を振り返った。引き合いに出された重三郎は「まだ、お墨つきなど与えておらぬ」と言いたげに顔をしかめていたが、立ち上がって止めるそぶりも見せずに、ただ黙って座っていた。

怜治はさらに声を張り上げる。

「朝日屋の料理は、べらぼうに美味い！　本日の膳で初お目見えの、こんがり四角く揚がった『秋の玉手箱』には、当代随一の戯作者を目指す風来坊茶々丸も驚いた！　ぱりっと音の上がる小麦粉の薄皮を嚙めば、秋の青物をふんだんに使った餡が、中からとろぉり溢れ出る！　口の中で硬軟の歯ざわりが心地よく歌い踊る、至福の小箱だぜぃ。あまりの美味さに感動した風来坊茶々丸が、次の戯作に出すってよ！」

野次馬たちが「おぉお」と歓声を上げた。

ちはるが再び入れ込み座敷を振り返れば、茶々丸が「やれやれ、出すと言った覚えはないのに」と苦笑していた。

怜治はますます勢いづいて叫ぶ。

「おまえら、浦島太郎の物語は知ってるな⁉　竜宮城の玉手箱は、開けたとたんに中から白い煙が出てきて、浦島太郎を白髪の老人に変えちまったが、朝日屋の玉手箱は、食べた者を桃源郷の境地へ連れていくぜぃ！」

野次馬たちが「うおぉ」と唸り声を上げ、空に向かって拳を高く突き上げた。

「おれも、朝日屋の『玉手箱』が食いてえーっ」

「おれもだ！」

「おいらも食いてえっ」

怜治は利休鼠の男の腕をつかんだまま、野次馬たちと一緒に拳を振り上げた。

「風呂はなくとも朝日屋だ！　飯の美味い朝日屋に泊まれ！　飯を食うだけでもいいぞ！」

やんややんやと喝采《かっさい》しながら、野次馬たちは怜治に詰め寄る。

「今すぐ朝日屋の飯を食えるのか⁉」

「あの『玉手箱』だけでも食わせてくれよぉ」

怜治は利休鼠の男を引っ立てて、一緒に土間へ入ってきた。

「おい慎介、今すぐ大量の『玉手箱』を作れるか？」

怜治の目線を追うと、いつの間にか下足棚の前に慎介が立っていた。

慎介は真摯な目で通りの人だかりを見つめる。

「怜治さんの言いつけ通り、食材はたくさん用意してあるんで大丈夫ですが――作るのに、少々時がかかります。調理場は、ちはるとおれの二人だけなんで」

怜治は鷹揚にうなずいた。

「だろうな。とりあえず、百個作ってくれ。『玉手箱』だけでいい。持ち帰れるよう、紙に包んで渡す」

綾人に持ってこさせた縄で利休鼠の男を縛り上げ、土間に転がすと、怜治は再び通りへ出た。

「百人ここへ並べ！　百人に限り、特別に、朝日屋からお披露目の挨拶として、一人ひとつずつ『玉手箱』を振る舞ってやる！」

野次馬たちは我先に、朝日屋の前に列を成そうと群がる。

「静かに並べ！　列を乱すな！　言うこと聞かねえやつには、絶対に食わせねえぞっ」

綾人に列の見張りをさせて、怜治は中へ戻ってくる。

「慎介、百個の『玉手箱』を作り終えたら、すぐ夜の仕込みに入れ。重陽の祝い膳を、この通りに並ぶ店の主の人数分、用意するんだ。隣近所でつきあいの深かった者が他にいれば、その分もな。人選は、おまえと兵衛に任せる」

慎介の隣に並んだ兵衛が力強くうなずいた。

「任せておくれ。椀飯《おうばん》振《ぶ》る舞《ま》いするんだね？」

「おうよ。『お騒がせしてすみません。ご迷惑をかけたお詫《わ》びに、重陽の節句の祝い膳をどうか召し上がってくださいませ』と、ご招待するのさ」

怜治はにやりと笑って、通りのほうを顎で指す。

「隣近所のやつらも興味津々《しんしん》の顔で、野次馬の中に交じってたぜ。うちの料理を食いたがっているに違いねえ。時をずらして呼べば、人数が多くても座敷に入りきるだろう」

怜治は、ちはるに目を移した。

「近所の者たちへの振る舞い飯――おまえが最初に言い出したんだ。しっかり作れよ」

ちはるは唇を震わせて、怜治の顔と通りの行列を交互に見た。

「あんた――ひょっとして、最初からそのつもりで――」

怜治は面倒くさそうに後ろ頭をかく。

「知らねえよ。ただの、なりゆきだろ」

「でも」

怜治はちはるに背を向けて、表口から通りへ顔を出した。

「おい、詩門！　遅いじゃねえかよっ」

朝日屋の前にずらりと並ぶ男たちを見やりながら、詩門がやってくる。

「何ですか、あの行列は」

表口に立った詩門は、縛られて土間に転がされている利休鼠の男を見て、盛大に顔をしかめた。

「いったい何なんです、そいつは。何があったんですか」

怜治は利休鼠の男の前にしゃがみ込んだ。

「こいつはよ、朝日屋の大事な場面に水を差そうとした大馬鹿者さ」

怜治は男の髷をつかんで、ぐいぐいと左右に揺らした。男は怯えたように、ぎゅっと目をつぶっている。

「さあて、どうしてやろうか。この界隈で二度と悪さができねえように、とくと言い聞かせておかなきゃならねえなぁ」

入れ込み座敷の重三郎が、今度こそ出番とばかりに立ち上がった。

詩門がため息をついて首を横に振り、重三郎を制する。

「ここは、わたしにお任せいただけませんか。本来であれば、火盗改ではなく、町奉行所のお役目でしょうが。田辺さまには本日の評者をお願いしてあります。どうぞ料理の判定を」

重三郎は少しためらうような顔をしていたが、やがて小さくうなずいた。

「財布はすでに怜治どのが取り返して、持ち主に返しておる。こたびは厳重な注意だけでよいぞ」

「かしこまりました」

詩門は利休鼠の男の縄をぐいっと引っ張って、強引に立たせた。

「では、また来ます」

男の縄をつかんだまま一礼して、足早に去っていく。

場を仕切り直すように、怜治が大きく手を打ち鳴らした。

「おらおら、いつまでも、ぼさっとしてんじゃねえぞ。さっさと『秋の玉手箱』百個を作りやがれ！」

ちはるは朝日屋の前にできた長蛇の列を眺めた。ちはると慎介の料理を、わざわざ並んで待っていてくれる人たちがいる――。

ふと列の後方に目を向ければ、遠巻きにこちらを見ている人々の中に、黒い法衣が見えた。

「慈照さま……」

心配して、来てくれたのか。

ちはるの目線に気づくと、ゆっくり大きくうなずいて、慈照は去っていった。

「おら、何やってんだ、ちはる。急げよ！」

怜治にどやされ、ちはるは慌てて調理場へ走った。

食べてくれた者たちを桃源郷の境地へ連れていくような、美味しい料理を作るために
――。

振る舞い飯は大盛況のうちに終わった。

ちはるは調理場のあと片づけを終えたあと、庭の井戸端で空を仰いだ。

夜空に星が瞬いている。

よくやったと、ちはるに笑いかけているように見えた。

振る舞い飯に集まった近隣の人々は、低い仕切りの向こうから慎介の仕事ぶりをじっと見つめ、膳の上に並んだ料理を食べて、感じ入ったようにまた慎介を見つめていた。

慎介は入れ込み座敷のほうに気を散らさず、ただひたすら食材に向き合って料理を仕上げていたが、自分に集まる眼差しはひしひしと感じていたはずだ。

客たちは帰り際、下足番の綾人に「また来るよ」と声をかけていたという。

慎介の料理を、もう一度、きっと信じてくれたに違いない。

客たちがすべて綺麗に平らげた空の器を見て、じっと拳を握り固めていた慎介の目には、一粒の涙がにじんでいた。

あの涙の輝きを、ちはるは絶対に忘れない。

休む間もなく無我夢中で大量に作り上げた料理も、一生ずっと覚えているだろう。

ちはるは足元に目を落とした。

無我夢中で料理を作っている間は、他のことなど頭に浮かばなかった。

ただ目の前の一品ずつに向かい合うのみで。

かつて慎介が着せられた汚名を返上することさえも、ひたすら手を動かしている間はどこかへ消えてしまっていた。

慎介の名誉を挽回し、朝日屋で成功したのちに、いつか夕凪亭を取り戻すのだという自分の夢も、料理を作っている間はすっかり忘れていた。

ちはるはそっと胸を押さえる。

料理を心から楽しんでいた自分に今さら気づいて驚いた。

料理を楽しめたことは、素直に嬉しい。だが、それでいいのか。

夕凪亭を潰した久馬のことを、ほんの一時でも忘れてよかったのか。

それは、苦しんで死んでいった父と母を裏切ることにならぬのだろうか。

暗い土の中でいまだに苦しんでいるかもしれない両親のことも忘れ、生き生きと調理場の中を動き回っていた自分に、今になって罪悪感を抱いた。

自分だけが、のうのうと料理を楽しんでいてよかったのだろうか。

「どうした、ちはる」

振り向けば、慎介が心配そうにちはるを見ていた。

「今日は気ぃ張って、疲れたか。白湯《さゆ》でも飲むか」

ふたつ手にしていた湯呑茶碗のうちのひとつを、ちはるに差し出す。

受け取ると、茶碗越しの湯の熱さがじんわり手に伝わってきた。それだけで、何だか心がほっとする。

白湯をひと口飲めば、湯の熱さが体の中を駆け巡り、さらに気持ちが落ち着いた。

夜風が足元の草を揺らして、ちはるの素足をくすぐる。

白湯をもうひと口飲んで、ちはるは星空を仰いだ。

「明日も晴れそうだな」

横を見れば、慎介も夜空を仰いでいた。

二人立ち並んで、しばし湯気の立ち昇る白湯を味わう。

「重陽の節句を過ぎたといっても、日中はまだ暑い日もあるだろうから、献立の中に涼しげな一品を入れてもいいかもしれんな」

「はい」

「しかし、秋はすぐに深まっていくから、寒い日のための料理も考えておかねばならん」

「はい。膳の上に、紅葉の葉を飾ったりしてもいいですね」

「人参を、紅葉の形の飾り切りにしてもいいな」

「ああっ――今日、菊の形の飾り切りを出せばよかったですねえ。大根と人参で、作れましたよね」

悔しがるちはるに、慎介が優しく笑いかける。

「この先いつだって、飾り切りを出す機会はあるさ。今日で終わりってわけじゃねえんだ。明日になったら、おれたちはまた料理を作るんだぜ」

「はい――！」

静かに更けていく夜の中で、ちはるは慎介と献立の案を出し合った。

草陰で鳴く秋の虫たちが、ちはると慎介の打ち合わせに加わるように、リーリーと声を上げていた。

虫の声を聴きながら慎介と料理の相談をしているうちに、さっきまでちはるの胸に広がっていた両親への罪悪感は薄れ、小さくなっていった。

これでいいのだろうか——ちはるの頭によみがえりそうになった罪悪感を、大きくなった虫の声がリーリーリーとかき消していく。

いいんだよ。明日も精一杯、料理を作りなさいと、草葉の陰から両親が言ってくれているように思えた。

第四話　朝の光

「あぁ、美味しそうですねえ！　みなさん、ここの泊まり客なんですか？」

突然上がった大声に、ちはるは思わず葱を刻んでいた手を止めた。

顔を上げれば、一人の男が入れ込み座敷の端に片膝をついて、食べている客たちの膳を覗き込んでいた。

頭には菅笠《すげがさ》。尻端折りに股引姿で、手甲《てっこう》と脚絆《きゃはん》をつけた草鞋履《わらじば》き。行李《こうり》が入っているであろう風呂敷包みを背負っている。どこからどう見ても、町人の旅姿だ。

「申し訳ございませんが、少々お待ちくださいませ」

入れ込み座敷の反対端から、下足番の綾人が旅人に向かって頭を下げる。綾人はたまおを手伝って、入れ込み座敷へ膳を運んでいた。

重陽の節句の翌日から、近隣の者たちが朝日屋に料理を食べにきてくれるようになった。かつて慎介の悪評を鵜呑みにしてしまった詫びと言わんばかりに、入れ込み座敷は人で溢れている。

「ああ、こっちは気にしなさんな。ゆっくりでいいから」

旅人は笑顔で綾人に手を振った。どうやら気さくな人柄のようだ。

少し早めの夕食を取っていた隣人たちが、一杯やりながら旅人の相手をしてくれる。

「おまえさん、どっから来なすった。おれたちは、この近所の者でね。朝日屋は旅籠だが、食事だけしにきてもいい宿なんで、ふらりと夕飯を食いにきたんだ」

「そうそう。美人の顔を眺めながら美味い飯が食える、この贅沢よ」

「仲居のたまおさんに、料理人のちはるちゃん、それから下足番の綾人だ」

指差して教えられた旅人は「へぇえ」と感心したように唸る。

「江戸は、男も女もみんな垢抜けてるなあ。女子《おなご》二人も綺麗だが、あの下足番なんか、まるで女形みたいじゃないか」

入れ込み座敷の客たちが明るく笑う。

「ついこの間まで、綾人は本当に女形だったんだ」

「そうそう。乙姫一座の売れっ子だったんだぜ」

旅人は「へえっ」と目を丸くして、綾人を凝視した。

「旅籠の下足番が、元女形かい。やっぱり、おれの住む小田原《おだわら》とは違うなあ」

「おまえさん、小田原から来たのかい」

「ああ。小田原の蒲鉾屋で働いているんだがね」

旅人の声が突然、暗くなった。

「店の旦那さんのご厚意で、今回は特別に江戸見物をお許しいただいたのさ」

すっかり硬くなった口調に、ちはるは首をかしげた。

旅人は泣くのを我慢しているような顔で、ぎゅっと口元をゆがめている。入れ込み座敷の客たちをうらやましげな目で見つめ、悔しそうに拳を握り固めている。

突然の変わりように、ちはるは戸惑った。ついさっきまで、楽しそうに入れ込み座敷の客たちと話していたのに。

綾人も怪訝そうに小首をかしげながら、旅人のもとへ急ぎ足で向かう。

「お客さま、大変お待たせいたしました。お泊まりでしたら、二階のお部屋へご案内いたしますが」

綾人に話しかけられた旅人は、はっと我に返ったように目を瞬かせた。

「あっ、ああ——泊まりだ。部屋は空いているかい。おれも早く、美味い飯が食いたいよ」

にっこり笑う旅人の顔に、もう陰りは見えない。口調も再び明るくなっていた。

綾人は戸惑いを残したような笑みを浮かべながら、ぬるま湯を張った盥《たらい》を用意する。旅人が足をすすぎ終えると、綾人はしなやかな足取りで階段を上り、二階の客室へ旅人を案内していった。

「藪入《やぶい》りでもねえのに、江戸見物を許されたとは……」

慎介が階段のほうを見やりながら唸った。

藪入りとは、奉公人が主からもらえる休みである。通常は、年二回。睦月十六日と、文月（七月）十六日に、里帰りなどが許されている。

「何か祝い事でもあって、特別な休みをもらえたってんなら、こっちも祝いの色を膳に載せて出してやりてえが……あの様子じゃ、わからねえな。特別なことはしねえほうが無難そうだ」

「そうですね。人参と大根で紅白の飾り切りなんかを作って出して、万が一、不祝儀《ぶしゅうぎ》だったら大変です」

二階から綾人が下りてくる。何やら浮かぬ顔で、まっすぐ調理場へ向かってきた。

「あのお客さま――小田原からいらした、伝蔵《でんぞう》さんという方なんですが――夕飯はいらないそうです。食欲がないとおっしゃって」

ちはるは慎介と顔を見合わせた。

「だって、さっきは『おれも早く、美味い飯が食いたいよ』って言ってましたよね？　あのお客さんの声、調理場まで聞こえてましたよ。慎介さんの耳にだって入ってましたよね？」

慎介は顎に手を当て、綾人を見やる。

「部屋ではどんな様子だった？」

「それが……」

　綾人は階段のほうに目を向けて、眉根を寄せた。

「部屋に入ったとたん、またがらりと様子が変わってしまったんですよ。階段を上がって一番奥の部屋へご案内するまで、『江戸は初めてなんだ』とか『江戸の名物は何だい？』とか、いろいろ話しかけてきたのに。部屋に入ったら、ぴたりとしゃべらなくなってしまって」

　慎介は首をひねって天井を仰いだ。ちはるも隣で天井を仰ぐ。

　二階からは物音ひとつしない。

「ひょっとして、もう寝ちゃったとか……？」

　寝るには早過ぎるだろうと思いながら、ちはるは慎介に問いかけた。

「ずっと歩き通しで、相当お疲れなんでしょうか。小田原から東海道を歩いてきたんなら、戸塚宿《とつかじゅく》あたりで少なくとも一泊はして、休んできているはずなんですけどねえ」

　慎介は首を横に振る。

「もともと気持ちの浮き沈みが激しい人なのかもしれねえぞ」

　入れ込み座敷の客が腰を上げた。食事を終えて、帰るようだ。綾人が急ぎ足で見送りに向かう。

　二階から下りてきた怜治が、客の見送りを終えた綾人を呼び寄せ、何事か耳打ちした。

綾人がうなずくと、今度は入れ込み座敷から膳を下げようとしていた、たまおにも何やらささやく。たまおがうなずくと、今度は調理場にやってきて、小声を発した。

「おまえら、あの泊まり客から目ぇ離すなよ」

怜治は入れ込み座敷に顔を向けながら、ちはると慎介を横目で見やった。

「宿帳《やどちょう》を口実に、今ちょいと話をしてきたんだがよ。ありゃ絶対わけありだぜ」

断言した怜治の目は、ぎらりと光る長刀の切っ先のようだ。敵の喉笛《のどぶえ》に食らいついたら、相手が死ぬまで絶対に獲物を放さない、狂犬のような顔つきになっている。火盗改の頃が、ありありと目に浮かぶようだ。

「初めての泊まり客だ。つつがなく送り出すまで、油断するなよ」

怜治の言葉に、慎介がため息をついた。

「本当に夕飯がいらないのか、確かめてこよう。食欲がなくても、あっさりした粥《かゆ》や、うどんや煮麺《にゅうめん》なら、食べられるかもしれねぇ」

ちはるも慎介とともに二階の客室へ向かった。

二階には、六つの客室がある。六畳が一間で、残りはすべて四畳半だ。

「前は、十二畳の座敷もあったんだ。ゆったりと召し上がっていただくため、十二畳の座敷に入れるお客の数は通常、三人から四人と決めててよ」

あと一段で階段を上がりきるというところで、慎介は立ち止まり、小声を漏らした。

「少しでも多くの客を泊められるよう、各部屋を料理屋の頃より狭くして、旅籠に造り直したのさ」

できるだけ一人ずつ、気兼ねなく休める部屋にしたいと慎介が相談すれば、兵衛は一室二畳の案を出してきたという。

一室二畳ではあまりにも狭過ぎると、慎介は突っぱねた。料理人を続けろと兵衛に説得された慎介は、福籠屋から朝日屋への商売替えを承知して、主の座も明け渡した。建て替えの費用を兵衛に融通してもらった経緯もあったが、どうしても、一室二畳の案は呑めなかったという。

そこで話が落ち着いたのは、四畳半という案である。四畳半であれば布団が二枚敷けるので、二人連れなら同室にできるし、一人での利用なら多少はゆったりと過ごしてもらえるだろうと、慎介は妥協した。

朝日屋の主となった怜治は、最初から最後まで「おまえたちに任せる」の一点張りだったらしい。

「おれは一介の料理人として生き直すと決めた。だから、料理だけは絶対に妥協しねえ」

新たにした決意を握りしめるように、慎介はぎゅっと両手の拳を固めた。

「ひと口でもいい。食べられるんなら、何か召し上がっていただきてえ」

「はい」

慎介が最後の一段を上る。ちはるもあとに続いた。

一番奥の四畳半の前で、慎介が居住まいを正す。ちはるは慎介の後ろに控えた。

「お客さま、失礼いたします。ちょっとよろしいでしょうか」

「ああ、いいよ。入っとくれ」

すぐに襖の向こうから声が返ってきた。慎介が一礼して、座ったまま襖を開ける。

四畳半の奥で、行燈《あんどん》に入った火を見つめている伝蔵が見えた。

慎介はもう一度、丁寧に一礼する。ちはるも慎介の後ろで頭を下げた。

「食欲がないので、夕飯はいらないと伺いましたが。お加減はいかがでございますか？」

「別に、どこも悪くはないよ」

伝蔵は行燈を見つめたまま、抑揚《よくよう》のない声を出した。

「ちょっと疲れたから、飯も食わずに寝ちまおうと思っただけさ」

慎介がうなずく。

「夜中にお腹が空いた時のために、握り飯などご用意することもできますが、いかがなさいますか？」

伝蔵の目が行燈から離れた。慎介のほうを見て、考え込むような表情になる。

「ちなみに、本日の膳をご紹介いたしますと」

慎介は噛んで含めるように、ゆっくりと告げた。

「人参と椎茸の煮しめ、あおさの茶碗焼き、甘鯛の刺身、きのこと茄子と鮪の餡を包み揚げにいたしました『秋の玉手箱』――これに白飯と、大根と小松菜《こまつな》の澄まし汁がつきます。食後の菓子は、焼き柿になりますが」

伝蔵が、ごくりと喉を鳴らした。

「やっぱり食べようかな……」

「では、握り飯をご用意いたしますか？」

「いや、本日の膳を」

伝蔵は慌て顔で、わずかに身を乗り出してきた。

「あんたの言うように、食べずに寝たら、夜中に腹が減って起きてしまうかもしれない。寝る前に、ちゃんと食べておくことにするよ」

「かしこまりました」

慎介が一礼する。

「では、少々お待ちくださいませ」

伝蔵はうなずいて、腹を押さえた。きゅるるるっと小さな音が響いてくる。

慎介はまったく気づいていないそぶりで、そっと静かに襖を閉めた。

ゆっくり狭まっていく襖の隙間の向こうで、伝蔵は気まずそうな顔を再び行燈の火に向けていた。

慎介が甘鯛の刺身を引く。

透き通るような白い身を左手で押さえ、その少し下に包丁をななめに入れる。すっと一気に後ろへ引けば、薄く切られた甘鯛の身が輝いた。ちはるが刻んだ葱を少量添えて、ほんのり梅が香る煎り酒をつけて食べれば、甘鯛の甘みがいっそう引き立つだろう。

ちはるは『玉手箱』の皮を焼いた。

小麦粉を水で溶いて作った種を、焼き鍋の上に薄く延ばす。手早く、できる限り薄く広げないと、皮が厚ぼったくなってしまうのだ。厚ぼったくなった皮では、嚙んだ時に中から溢れ出てくる餡との釣り合いが取れなくなってしまう。

ちはるは焼き鍋の上の皮を破かぬよう、丁寧に引っくり返した。さっと両面に火を通せば、でき上がりだ。この薄皮に、醬油と酒で味をつけた椎茸、しめじ、茄子、鮪のほぐし身の餡を包んで、胡麻油でからりと揚げる。

「できました！」

揚げ立ての『玉手箱』を皿に盛りつけ、四つ足の膳に載せる。

膳の上にはすでに、人参と椎茸の煮しめ、あおさの茶碗焼き、甘鯛の刺身、白飯、大根と小松菜の澄まし汁が並べられていた。

慎介の手際のよさには、まだまだ敵わない。煮しめなど、もともと鍋に仕込んであった料理は器によそうだけだが、そのよそい方ひとつで料理の美味さがぐっと増すように見えるので、ちょっとした工夫や経験が必要なのだ。器との相性も考えねばならない。

慎介の盛りつけ方を、ちはるはじっと見つめた。

人参と椎茸の煮しめは、器の中にこんもりと積み重ねられているが、ほどよい器の余白が、煮しめの見た目に重苦しさを感じさせない。人参と椎茸のみならず、煮汁までが艶々として、美味しそうに見える。

甘鯛の刺身は、黒の丸皿に切り身が一枚ずつ丁寧に並べられている。ほんの少しずつ重ねて置かれた白い切り身は、丸皿の形に沿って、白い花の形を描いていた。

この刺身を、もし丸皿ではなく角皿に盛るとしたら……黒い皿ではなく、白い皿に置くとしたら……自分は迷わずに手を動かせるだろうかと、ちはるは考える。

たまおが膳を取りにきた。

「では、お二階のお客さまへお運びいたします」

「お願いします」

目でうなずき合って、膳を託した。

調理場を出ていくたまおの後ろ姿を、慎介と並んで見送る。

「喜んでいただけるといいですね」

「そうだな。だが、食べる気になってくださっただけで、ありがたいと思わねばならん」

どんなに渾身の力を込めて作った料理でも、美味いか不味いかを決めるのは作り手ではない。料理を食べた者だ。どんなに評判の高い料理人でも、世の中すべての者の舌を満足させられるかはわからない。

番付に載った料理を好まない者もいるだろうし、さびれた店の料理を絶賛する者だっているかもしれないのだ。

ちはると慎介にできることは、ただ目の前の食材に真摯に向き合い、自分を信じて手を動かすだけ。お客に喜んでもらえますようにと願いを込めて、料理を作るだけなのだ。

入れ込み座敷と調理場の仕切りが低いため、入れ込み座敷で料理を食べる人々の顔は、ちはるからも見える。食べた瞬間の表情が満足そうに見えると、ほっと安堵する。

だが、泊まり客の伝蔵が二階の客室で食べる表情は、ちはるから見えない。

不安と期待が、ちはるの胸を交互によぎる。

「手を止めるな。ごちゃごちゃ考えてたって、仕方ねえんだ」

慎介の声が、ちはるの耳に響く。

「もう少し葱を刻んでおけ」

「はい」

ちはるは気を引きしめて、薬味の葱を刻んだ。

入れ込み座敷のざわめきは次第に小さくなっていった。

夕飯を食べ終えた客が一人帰り、二人帰り――やがて談笑の声が消えたかと思えば、空いた器をかちゃりと膳の上に戻す物音も途絶えた。

最後の客も食後の茶を飲んで「はあっ」と満足そうに吐息を漏らし、提灯《ちょうちん》を手に帰路に就く。

「ありがとうございました。またどうぞ」

客の見送りに出ていた綾人が戸じまりをした。

たまおは入れ込み座敷に残っていた膳を片づけている。

ちはると慎介は賄の用意をした。

どんぶりに冷めた白飯をよそい、煎り酒に漬け込んでおいた甘鯛の刺身をたっぷり載せる。炒り胡麻と刻み葱を散らし、甘鯛のあらで取った出汁をかける。甘鯛の旨みが溢れた出汁は、塩と醤油で味を調えた。

多めに作って残った煮しめと、焼き柿も一緒に折敷に載せて、入れ込み座敷へ運べば、怜治が悠々とした足取りで階段を下りてくるところだった。

たまおが、くすくすと笑う。

「まあ怜さまったら、鼻が利くわね。まだ呼んでもいないのに、ちゃんと賄のにおいを嗅ぎつけるなんて。ちはるちゃんみたい」

怜治はむっと顔をしかめて、入れ込み座敷に胡坐をかいた。ちはるが置いたどんぶりの中を覗き込んで、そそくさと箸を手にする。

「綾人と慎介も早く来い。ぐずぐずしてると、茶漬けがふやけきっちまうぞ」

五人で車座になって、甘鯛の茶漬けをかっ込んだ。

ずっ、ずずっと、入れ込み座敷に茶漬けをすする音が響く。

みな、しばし無言で味わった。

甘鯛の刺身と白飯を一緒に嚙めば、甘鯛の身と米の甘みが口の中で絡み合う。刺身に染み込んだ煎り酒が、醬油と塩で味つけされた甘鯛の出汁に混ざり合い、白身の甘鯛と白飯に心地よい塩加減をもたらしていた。そこへ炒り胡麻が香ばしさを加え、細かく刻まれた葱が後味のよい清涼感をもたらす。

みな、あっという間に平らげた。

「それで、どうだったよ？」

怜治が焼き柿に手を伸ばしながら、たまおに目を向けた。

たまおは茶をひと口飲んでから、ほうっと重い息をついた。

「怜さまの言った通り、あのお客さん、やっぱり、わけありだったわ……この江戸に、死んだ女房と子供を連れてきたのよ」

ちはるは思わず天井を仰いだ。

「お膳を置いて部屋を出て、襖を閉めたら、話し声がするの。『おやす、修蔵《しゅうぞう》、ついに江戸へ来たぞ。もっと早く、二人が元気なうちに来ればよかったなあ。約束を守れなくて、ごめんな』って」

たまおの小声が入れ込み座敷に静かに響く。

「位牌《いはい》に話しかけているのかしら。どう聞いても、目の前に女房と子供がいるような話しぶりなのよ。『おやす、この茶碗焼きを食ってみな。うめえぞ。修蔵、この包み揚げは『玉手箱』って言うんだってよ。外はぱりぱりで、中はとろぉりだ。驚いたぜ』なんて――」

たまおは声を詰まらせて、つらそうに目を伏せる。

ちはるは茶を飲んで、ぐっと喉元にせり上がってくる痛みを押し戻そうと努めた。

家族が死んだ悲しみは、ちはるも知っている……。

ちはるは湯呑茶碗を握りしめた。

伝蔵は、死んだ妻子との約束を果たすために江戸へ来たのか――。

きっと小田原で暮らしながら、いつかそのうちに江戸見物へ連れていってやると言い続けてきたのだろう。

小田原から江戸までは、そう遠くない。遠くないのに、二人が死んで、約束は宙に浮いてしまった。いっそ異国のように遠い地なら、あきらめもついただろうに。あきらめきれない気持ちが伝蔵を突き動かして、たった一人の旅路へと駆り立てたのだ。この世にいない二人を背負って、伝蔵は江戸までの道を歩き続けてきたに違いない。

ちはるは歯を食い縛った。

伝蔵の悲しみを思いながら、頭の中で揺らめくのは、夕凪亭の紺藍の暖簾だ。

町家の中にたたずむ夕凪亭は、小さな店ながらに繁盛して、いつも客でいっぱいだった。近所の親父たちはもちろん、仕事の合間に立ち寄る船頭や、近くの武家屋敷からお忍びでやってくる二本差しのお侍まで、父の料理を贔屓にしてくれる人たちは多かった。

注文取りとお運びは、母の受け持ちで。ちはるは父の下で台所仕事をこなしながら、母の手が回らない客のもとへ直接料理を運んだりもしていた。

――ちぃ坊、腕を上げたな。だが、おとっつぁんの足元にゃ、まだまだ及ばねえぜ。

――おい、ちはる、おめえの鼻は犬っころ並みだなぁ。おれの体から薬のにおいがしたんで、おとっつぁんに味つけを薄くするよう言ったんだって？　ったく、ありがとよ。

――おーい、ちぃ坊、こっちにも早く酒を持ってきてくれよぉ。

常連客との様々なやり取りが耳によみがえってくる。酒のにおいや、焼いた鰺のにおい、蜆《しじみ》の味噌汁のにおいまで、鼻先に漂ってくる気がした。

「で、どうするよ」

怜治の声に、ちはるは我に返った。気がつけば、みな小難しそうな顔で天井を睨んでいる。

「どうするって、何が……？」

小声で問えば、怜治にぎろりと睨みつけられる。

「てめえ、ふざけるんじゃねえよ！　こんな時に居眠りしてやがったのか⁉」

怒鳴る怜治の口を、慌て顔の綾人がふさいだ。

「静かにしないと、二階に聞こえてしまいますよ」

怜治は眉間にしわを寄せて唸った。

たまおが優しく、ちはるに笑いかける。

「伝蔵さんの話に、ちょっと昔を思い出しちゃったのよねえ？」

どうしてわかるの――と問いかけた声を、ちはるは呑み込んだ。

たまおも亭主を辻斬りに殺されていたのだ。

大事な者を亡くした痛みは、たまおもよく知っているはず。

たまおは少し寂しげに目を伏せた。

「伝蔵さん、明日は浅草の正燈寺《しょうとうじ》へ行くみたいなの。『三人で、約束の紅葉を見ような』って、襖の向こうから聞こえてきたのよ」

正燈寺は紅葉の名所として知られている寺だ。近くに吉原があるので、正燈寺の紅葉見物にかこつけて遊郭へ遊びにいく男たちが大勢いるという。

ちはるは首をかしげた。

「でも、紅葉の見頃には少し早いですよね。来月の半ばになれば、物見遊山《ものみゆさん》に出かける人も多いでしょうけど。今は、まだ葉も色づいていないんじゃないかしら」

たまおが大きくうなずいた。

「それは伝蔵さんも承知でね。『真っ赤に染まった紅葉を見せてやれなくて、ごめんな。本当にごめんな』って、何度も謝ってるの。だから心配で……」

綾人が頬に手を当て、眉をひそめる。

「正燈寺で紅葉を見てから、二人のあとを追うつもりなんじゃありませんよね？　二人の位牌を胸に抱き、まだ見物人もない時季外れの紅葉の太枝で首をくくるか——はたまた浅草見物をしたあとで、夜の大川に身を投げるか——」

「心中芝居じゃねえんだ、馬鹿野郎」

怜治がしゃぶっていた焼き柿の種を、ぺっと皿に吐き出した。

「だが、あながち荒唐無稽とも言えねえ。思い詰めたやつは、何をしでかすかわからねえからよ」

慎介が腕組みをして唸る。

「どうしようもなくつらくて、お先真っ暗で何の光も見えねえ時は、いっそ死んじまったほうがいいんじゃねえかと、そんなことばかり頭ん中をぐるぐる駆け巡ったりするんだよなぁ。包丁なんか握ってる時に、ふと魔が差したりしたら――」

ちはるの頭の中に、真っ赤な紅葉のような血だまりが浮かんだ。

「やめてくださいよ！　縁起でもない」

思わず叫べば、たまおに人差し指で「しーっ」と口をふさがれる。

ちはるは唇を引き結んだ。

伝蔵を心配する気持ちが次から次へと湧き出てくる。

もっと早く、二人が元気なうちに来ればよかったと悔いているということは、伝蔵の妻子は、流行《はや》り病《やまい》にでも罹って死んだのだろうか。

ちはるの瞼《まぶた》の裏に、気力を失って床に臥せった両親の顔が浮かんでくる。

二人の衰弱を止める術はなかった。何か食べさせようと躍起《やっき》になっても、何も食べてくれなくて。やがて水さえ飲めなくなって。

置いていかないで。一人にしないでと泣いて訴えても、両親は逝ってしまった。

ちはるには何もできなかった。無力過ぎて、あとを追う勇気も持てなかった。

いや、違う。

ちはるには、この世に対する執着がありあまっていたのだ。

喉が渇けば、水を飲みたいと思って、井戸で水を汲んだ。空腹に耐えられなくなれば、米びつの底をあさり、壺《つぼ》の底にこびりついた味噌を舐め、食べられる草を探して河原や空き地を歩き回った。

そして慈照の顔が浮かんだ。

優しい笑みと、寺で差し出してくれる握り飯や餡に、身も心も救われた。

いっそ死んでしまいたいと、一度も思わなかったわけではないが、本当に死のうと思って包丁を手にしたことはなかった。飛び込む場所を探して河原を歩いたことはなかった。

だが、伝蔵はどうだろう。

蒲鉾屋に勤めていること以外は、小田原でどんな暮らしをしているのか知らないが、もし救いの手がなく、死に場所を求めて江戸へ来たのであれば――。

「伝蔵さんから目を離しちゃいけないんじゃないかしら」

一同の目が、ちはるに集まった。

「もし本当に、伝蔵さんが紅葉の太枝で首をくくろうと思っていたら……？　約束の場所から、あの世へ旅立とうと思っていたら――」

「じゃあ、どうする」

挑むような怜治の声が飛んできた。

「心配するだけなら、誰にだってできるぜ」

ちはるは躊躇しながら口を動かす。

「それはそうだけど……実際にできることといったら、こっそり伝蔵さんのあとをつけて、様子を見守るくらいしか――」

「そんなの、よけいなお世話なんじゃないかしら」

たまおの厳しい声が、ちはるをさえぎった。顔を向ければ、強く責め立てるようなたまおの眼差しとぶつかって、ちはるはひるんだ。

「もし伝蔵さんに死ぬ気がなくて、ただゆっくりと故人を偲《しの》びたいだけだったらどうするの？　わざわざ江戸まで来て、静かな気持ちで思い出に浸りたいと思っているのだとしたら？」

たまおは畳みかける。

「あとをつけたりして、伝蔵さんの意向に水を差すことになったらどうするの？　宿帳に書き記す以上の旅の目的を、わたしたち旅籠の者が、根掘り葉掘り知ろうとする必要があるのかしら。それは、よけいな詮索ってもんじゃないの？　必要とあらば、お役人が宿改めにいらっしゃるでしょうよ」

ちはるは言葉に詰まった。

たまおは、ふいっと顔をそらす。

「きつい物言いをして、ごめんね。だけど、よけいなお節介が人を傷つけることもあるのよ。伝蔵さんは明日、江戸見物をして、ここにもう一泊する。そして明後日には、小田原へ帰る。それでいいじゃない」

重い沈黙が入れ込み座敷に漂った。

ちはるは半分納得して、半分納得できぬまま、唇を噛みしめた。

たまおの言い分もわかる。

だが、もし取り返しのつかない事態になってしまったら——という思いが拭いきれない。

「あたし……おとっつぁんとおっかさんの大事な店を乗っ取られた時、後悔したんです」

ちはるは声を振りしぼって、たまおをじっと見つめた。

「店で雇っていた久馬って男が、おとっつぁんとおっかさんを陥れるため、いつもと違う青物を使った時、あたしは気づいたのに——味を見た時、何かおかしいって、そう思ったのに——それなのに、ちゃんと言わなかったんです。だから……」

たまおは顔をそらしたまま、床に落とした目線を揺らした。その目線をつかまえたくて、ちはるはずいっと膝を進める。

「だから、あたしはもう後悔したくないんです。取り返しのつかない思いは、もうたくさん——あの時ああしていれば、こうしていればって、何度も何度もくり返し悶々《もんもん》とするのは、もう嫌なんです」

ちはるはたまおの顔を覗き込んで訴えた。

「もし明日、江戸見物に出かけた伝蔵さんがここへ帰ってこなかったら——正燈寺で紅葉を見たあと、あの世へ旅立ってしまったら――その恐れが少しでもあるのなら、あたし、じっとしていられません」

ちはるは怜治に膝を向け、床に両手をついた。

「お願いします。明日、こっそり伝蔵さんのあとをつけさせてください」

続いて、慎介に頭を下げる。

「いつもより早く起きて、店の仕込みもちゃんとしますから。お願いします！」

ちはるが頭を下げ続けていると、「まったくよぉ」という慎介の呟きが聞こえてきた。

顔を上げれば、慎介が苦笑している。

「怜治さん、こいつはどうしようもねえよ。どうせ明日は気もそぞろで、調理場に置いておいたって、使い物にならねえ。思うようにさせてやっちゃあもらえませんかね」

怜治は面倒くさそうに、ぼりぼりと首をかいた。

「いるだけ邪魔ってか」

鼻先で笑って、怜治がちはるを見た。

「じゃあ行ってこいや。くれぐれも伝蔵に見つからねえようにしろよ」

「はいっ」

威勢よく返事をすれば、たまおが非難がましく怜治を睨む。

「旅籠屋の分《ぶん》を越えてはいませんか？」

怜治は、すっと目を細めた。

「それはおまえが決めることじゃねえ。朝日屋の主は誰だ？」

たまおは、はっと目を伏せた。

「怜さまです」

怜治は、ふんと鼻を鳴らした。

「わかってんならいい。奉公人の始末をどうつけるかは、おれが決めることだ。いいな？」

たまおは黙ってうつむいている。

綾人が取り成すように笑った。

「だけど、ちはる一人じゃ、やっぱり心配ですね。わたしが一緒についていきましょうか」

怜治はちらりと綾人を見て、首を横に振った。

「ついていくのは、たまおだ」

たまおが目を見開いて、顔を上げる。

「どうして、わたしが⁉」

怜治は「さあな」と天井を仰いだ。

「いいから行ってきな。これは主の命令だぜ」

たまおは絶句して、唇を引き結んだ。握り固めた拳が、わなわなと震えている。

ちはるは居たたまれなくなった。何か言葉を発したほうがよいのか、このまま黙ってやり過ごしたほうがよいのか、わからなくなる。つい、おどおどした目で、たまおを見てしまう。

ちはるの目線を振り払うように、たまおが立ち上がった。

「賄ごちそうさまでした。わたし、今日はこれで帰らせていただきます」

怜治がゆっくり立ち上がる。

「夜道は物騒だ。長屋まで送ってくぜ」

たまおは振り向きもせず、草履に足を突っ込んだ。

「けっこうです。毎度毎度、奉公人が主に送っていただくのも気が引けますから」

「遠慮すんなよ。奉公人を守るのも、主の務めだぜ。兵衛のやつが、今よりもっと近くて通いやすい長屋を用意するって言ってるからよ。それまでは送ってやるさ」

「大丈夫ですってば」

速足で帰っていくたまおのあとを、怜治が悠々と追っていく。

「さて、片づけるか。明日も早《はえ》えから、とっとと寝るぞ」

慎介が空いた器を下げ始める。ちはるは慌てて流し場に入った。

へちまのたわしに灰をつけて、ごしごしと鍋を洗う。鍋の汚れを落とすように、明日への不安も綺麗に洗い落とせればいいのにと思いながら。

翌日は晴天だった。

客室で朝飯を食べ終えた伝蔵が意気揚々とした足取りで階段を下りてくる。

「江戸見物日和でございますね」

綾人が戸口でにっこり笑った。伝蔵は嬉しそうにうなずいて暖簾の下に立ち、北東の方角を指差す。

「浅草は、あっちの方角かね」

ちはるは調理場から、じっと伝蔵を見つめた。

今のところは、元気そのもの。江戸見物に張り切っているようにしか見えない。

「紅葉寺として名高い、正燈寺へ行きたいんだが。浅草の方角にあるんだろう？」

伝蔵は慌てたように、つけ加える。

「あ、いや、まだ紅葉の見頃じゃないのはわかっているんだがね。とても綺麗だと聞いたことがあるから、どうしても行ってみたいんだよ。青葉の頃も、なかなか乙なものじゃないかと思ってね」

綾人は笑みを深めて「さようでございますか」とうなずいた。

「ぶらりと歩いていかれるのでしたら、そこの大通りを右に折れて、まっすぐ北東へ進み、浅草橋を渡ります。神田川を越えて、しばらくまっすぐ進んだら、浅草御蔵《おくら》の中ノ御門前を左に折れ、寿松院《じゅしょういん》の前の道をまっすぐ北へ。清水寺《せいすいじ》の敷地に行き当たったら、道なりに左へ折れ、すぐ突き当りを今度は右へ。海禅寺《かいぜんじ》と曹源寺《そうげんじ》の間の道を北へ進み、百姓地と武家地の間をしばらく行けば、正燈寺へ辿り着きます。半時（約一時間）ほど、かかるかと思いますが」

伝蔵は手と首を大きく横に振った。

「駄目だ。さっぱり覚えられん」

伝蔵は悲しそうに肩を落とす。

「どうしても正燈寺へ行きたいんだよ。死んだ女房と子供に、いつか必ず連れていくと約束してね。親子三人で旅するはずが、寂しい一人旅になっちまったが——正燈寺の紅葉《もみじ》を、この目で見てみたいんだ」

綾人は優しく微笑んで目を細めた。

「では、紙に簡単な絵図を描いて、お渡しいたしますね。少々お待ちくださいませ」

綾人が絵図を描いている間、伝蔵は下足棚の脇に置いた床几に腰かけていた。

「あんた、たいしたもんだなあ。江戸の町が全部頭に入っているのかい」

「いいえ、そんなことはございませんが」

綾人は描き上げた絵図を伝蔵に渡す。

「ついこの間まで役者をやっておりましたので、台詞を覚える要領で、多少の物事なら覚えられるのです」

「へえ」

伝蔵は感心しきった目で綾人と絵図を交互に見た。

綾人は指で絵図を指す。

「もし猪牙船をお使いになるのでしたら、すぐそこの日本橋川から大川に出て、大川を上って山谷堀《さんやぼり》を進み、吉原の外を北のほうからぐるりと回っていってもいいかもしれません。吉原の裏手にある下谷《したや》龍泉寺《りゅうせんじ》に出れば、正燈寺はすぐですよ」

伝蔵は絵図を凝視してから、丁寧に折り畳んで懐にしまった。

「昼は浅草で、どじょう鍋でも食べようと思うんだ」

「それはよろしゅうございますね」

「ああ、楽しみだよ。江戸へ行ったら、浅草でどじょう鍋を食べると決めていたんだ」

それも親子三人の約束だったのだろうかと、調理場で耳を澄ましながら、ちはるは思った。

伝蔵が勢いよく立ち上がる。綾人はゆるりと笑った。

「夕食までにはお戻りになられますか？」

「そのつもりだ」

「では夕食をご用意しておきます」

「ああ、頼むよ」

「お気をつけていってらっしゃいませ」

伝蔵を送り出すと、綾人は戸口から調理場を振り返った。

その顔に、もう笑みはない。真剣な顔で、うなずいてくる。

ちはるはうなずき返して、たすきをはずした。

「すみません。いってきます」

隣に立つ慎介に声をかければ「おう、こっちは任せとけ」と頼もしい声が返ってきた。

「絶対に見失うんじゃねえぞ。しっかりやってきな」

「はい」

ちはるは勝手口から外へ出た。たまおは示し合わせていた通り、裏木戸の前で待っていた。

伝蔵は歩くと決めたらしい。綾人に教えられた通り、北東へ向かって、ずんずん進んでいく。ちはるはたまおと一緒に、少し離れてあとを追った。

たまおは夕べの言い合いに一切触れず、まるで何事もなかったかのような顔をしている。

ちはるは、ほっとした。もし夕べの剣幕で「本当に伝蔵さんを追いかける必要があるのかしら」と問われたら、どうすればいいのかわからない。

しばらく行くと、伝蔵が立ち止まった。懐から絵図を取り出して、じっと見ている。顔を上げると、通りがかった棒手振《ぼてふり》に何か話しかけながら、絵図を見せた。

絵図を覗き込んだ棒手振はうなずいて、前方を指差す。進むべき道筋を教えているようだ。

説明を聞き終わると、伝蔵は棒手振に頭を下げて、また歩き出した。

そのままぐんぐん突き進むかと思いきや、伝蔵はふとまた足を止める。道の脇にあった小間物屋を覗き込んだ。遠目からでも、女物の小物が並んでいるとわかった。

店のおかみらしき女が伝蔵の前に簪を掲げて、何か話しかけた。伝蔵はすぐ首を横に振って、店先から立ち去る。

たまおが顔を曇らせた。

「お土産《みやげ》にどうですかって、勧められたのかしら……」

おそらく、そうだろう。男一人で、じっと女物の小物を見つめていたのだ。女房にでも買ってやるつもりなのかと思われるのが自然だろう。

だが、伝蔵の女房はもういない。死んだのだ。江戸で土産を買っても、手渡す術がない。

おかみの勧めを断って、立ち去るしかなかったのだろう。

ちはるは伝蔵の後ろ姿を目で追った。

ひどく寂しそうな背中に見えた。

正燈寺へは何事もなく辿り着いた。

伝蔵は境内に入ると、通りがかった僧侶に挨拶して、庭を散策する許しを得てから、紅葉まで続く小道へ足を踏み出した。たっぷり間を開けてから、ちはるとたまおも伝蔵のあとに続く。

正燈寺の庭には、たくさんの木々が植えられていた。松などもあるが、やはり目がいくのは紅葉だ。

池のほとりに根を張る紅葉、東屋《あずまや》の屋根に覆いかぶさるほど大木になった紅葉、石灯《いしどう》籠《ろう》に寄り添うように枝を垂らした紅葉——数多くの紅葉が、正燈寺の庭で枝葉を広げていた。

心持ち色づき始めた葉が庭に点在しているが、やはり見頃にはまだ及ばない。

それでも伝蔵は紅葉に目を奪われている様子で、ちはるとたまおのほうを見向きもしなかった。

客殿らしき建物に顔を向けながら、伝蔵は紅葉の幹をそっと撫でる。

「あそこで文人たちが句を詠んだりするんだろうか。なあ、おやす」

伝蔵は懐から、折り畳んである紙を取り出した。綾人が渡した絵図とは違うようだ。紙が、ほんのり黄ばんでいる。

伝蔵は丁寧に紙を開くと、紅葉に向かって掲げた。

「おやす、修蔵、見えるか。正燈寺の紅葉だぞ。……これで、もう思い残すことはねえなあ」

近くに生えている大木の陰に身をひそめながら、ちはるは伝蔵の心境を案じた。

伝蔵の中で、死んだ女房と子供は今どんな存在になっているのだろう。

伝蔵は、二人の死をちゃんと受け入れているのだろうか。

ちはるの脳裏に、天龍寺の墓地が浮かぶ。

土の中に埋められた両親が死んだことは、もちろん、ちゃんとわかっている。

だが二人の死をまだ完全に納得したわけではない。

仕方なかったと思えないのは、久馬のせいだ。信じていた者に裏切られ、大事なものを力ずくで奪われて、失意の底で死んだ両親の最期を仕方なかったで済ませられるはずがない。

伝蔵は、二人の死にどうやって向き合っているのだろうか――。

うつむいて、そっと一歩下がれば、ぱきっと足元で音が上がった。

「あっ……」

足元に落ちていた小枝を踏んでしまった。

伝蔵が、こちらを見た。目をまん丸く見開いて、ちはるを指差す。

「あんた、朝日屋の——」

万事休《ばんじきゅう》すと胸の内で呟いて、ちはるは紅葉の木陰から出た。

ちはるを押しのけるようにして、たまおが伝蔵に駆け寄る。伝蔵が何か言う前に、たまおは勢いよく頭を下げて叫んだ。

「申し訳ございません！　お客さまが心配で、つい、あとをつけてしまいましたっ」

伝蔵は驚いた顔で、たまおを見下ろす。

「日本橋から、おれのあとを……？」

「どうか、お許しくださいませ！」

「はあ……」

たまおの勢いに押されたように、伝蔵は首をかしげながらうなずいた。


正燈寺の東屋に場を移して事情を話すと、腰かけに座った伝蔵は声を上げて笑った。

「おれが女房と子供のあと追いをするかもしれねえなんて思っちまったのか。いや、まいったなあ」

たまおが改めて頭を下げる。

「本当に、申し訳ございませんでした。お怒りになられるのは、ごもっともでございます」

深々と頭を下げ続けるたまおに、伝蔵は苦笑した。

「いや、怒ってはいないよ。だって心配してくれたんでしょう」

「もちろんでございます」

たまおは顔を上げて、じっと伝蔵の顔を見つめた。

「お客さまが、うちの下足番に『親子三人で旅するはずが、寂しい一人旅になっちまった』とお話しなさっているお声が耳に入ってしまいましたもので……」

伝蔵は後ろ頭をかいた。

「そんなに悲しげな声でしたか」

たまおは黙って微笑んだ。

伝蔵は照れたようにたまおから目線をそらすと、紅葉の木に向かって掲げていた紙を腰かけの上に広げた。ちはるはたまおと一緒に覗き込む。

丸が三つに、目、鼻、口――。

「子供が描いた、おれたち親子三人の似姿です。手習《てなら》いに通い始めたばかりで、筆を持つのが楽しくてならねえ様子でした。字を書く稽古《けいこ》に励むんじゃなくて、こんな絵ばかり描いていましたがね」

伝蔵は愛おしそうに、家族の肖像を眺める。

「勉学に励まず絵ばっかり描いているんなら、書き損じの反故紙《ほごがみ》を使わせろって、うちのやつに言ったんですが。『だって、とっても上手く描けてるんだもの』なんて、親馬鹿を言いましてね」

伝蔵の顔が、くしゃりとゆがんだ。

「せっかく買ってやった新しい紙も、火事でみんな焼けちまいました。手元に残った子供の絵は、これ一枚で――たまたま出がけに見せられた絵を、何の気なしに懐に入れておいたんですよ」

そよ風が東屋の中を吹き抜けた。ちはるたちの頭上で、さわさわと軽やかな音が上がる。屋根に覆いかぶさっていた紅葉の枝が、まだ青い葉を小さく揺らしていた。

たまおが、おずおずと口を開く。

「ご家族は火事で……？」

伝蔵はうなずいた。

「同じ長屋の者が、寝煙草をしましてね」

伝蔵は煙草の煙を吐き出すような仕草で、ふーっと息を吐き出した。

「おれは、その夜、仕事が終わってから仲間と飲んで、帰りが遅かったんです。ほろ酔いで、いい気分になって帰った時には、長屋は火の海になってた」

伝蔵は紙の上の女房と息子を指で撫でた。

「子供を寝かしつけて、そのまま一緒に眠り込んじまったんでしょう。内職なんかで、疲れてたから……おれが不甲斐ないから、いけなかったんだ」

「そんな！」

ちはるは思わず大声を上げた。

「火事でご家族が亡くなったのは、伝蔵さんのせいじゃありませんよ！」

伝蔵は目を瞬かせた。

「ああ、もちろん――そんなふうには思っていませんよ。悪いのは、寝煙草をしたやつに決まっているじゃないですか。そんなの当たり前です」

よけいなことを言ってしまったと、ちはるは口をつぐんだ。

たまおが突然空を指差して、話を変える。

「だけど今日はお天気がよくて、何よりでしたねえ。赤く色づいた紅葉も綺麗ですけど、青空の下で見る青葉も、わたしは好きです」

伝蔵は微笑を浮かべて立ち上がった。親子三人の似姿を胸に抱きながら、正燈寺の庭を見回す。

「女房と子供が死んで、ちょうど一年が経ちました。奉公先の旦那さんが『いつまでも心残りを抱えて、くよくよするんじゃないよ』と、江戸へ送り出してくださったんですが――ここに来られて、本当によかった」

伝蔵の顔には、すっきりしたような笑みが浮かんでいる。

ちはるは唇を噛んで、目を伏せた。

自分がしたことは、いったい何だったのだろう。たまおが危惧《きぐ》した通り、一人静かに故人を偲びたい伝蔵の気持ちに水を差してしまっただけなのだろうか。

よけいなお節介が人を傷つけることもあると、たまおは言った。

傷つけられた者は、きっと怒りを抱く。目の前で笑っている伝蔵も、心の中では、はらわたが煮えくり返っているのかもしれない。

あの時どうして動いてしまったのだろうと、ちはるは悔やむ。小枝なんか踏まなければ、見つからなかったかもしれないのに。

たまおの謝罪で、伝蔵の怒りがそがれたのだ。事情を説明した時だって、伝蔵の機嫌を損ねないように気を遣いながら、たまおが上手く話してくれた。

やはり自分がしたことは、よけいなお世話でしかなかったのだろうかと、ちはるは落ち込む。

たまおが立ち上がり、伝蔵に向かって再び頭を下げた。

「大事な旅のお邪魔をしてしまい、本当に申し訳ございませんでした」

ちはるも立ち上がり、たまおと並んで頭を下げる。

「申し訳ございませんでした……」

伝蔵は笑って手を振った。

「いや、もう謝ってもらわなくていいですよ。心配してもらえたのは、むしろ、ありがたいってもんです。一人でいると、誰かから向けられる厚意がしみじみと身に染みてねえ」

子供が描いた絵を折り畳んで懐にしまうと、伝蔵は空に向かって大きく伸びをした。

「さてと。どじょう鍋を食べに行こうかな。浅草で一番美味しい店は、どこでしょう？」

たまおが小首をかしげる。

「浅草であれば、駒形町《こまがたちょう》のほうに美味しい店がありますよ。『どぜう』と書かれた暖簾が目印です」

伝蔵は笑顔で、ぽんと手を打った。

「じゃあ、そこにしよう。案内してください。ご馳走しますから、つき合ってくださいよ」

たまおは困惑顔になる。

「お客さまに、ご馳走していただくわけにはまいりません。わたしどもは、ここで失礼いたします」

「まあ、そう言わずに。お願いしますよ」

伝蔵は、たまおに向かって手を合わせた。

「店の人たちへの江戸土産を選ぶ、手伝いをしてください。おかみさんにも、何か心ばかりのお礼の品をと思っているんですが、女物はさっぱりでね。それに……一人で飯を食うのに慣れたつもりでも、たまに無性に寂しくなるんです」

伝蔵の笑みが、ふっと陰る。

「周りもみんな一人なら、まったく気にならないんですがね。楽しそうに笑いながら何人かで集まっている近くに、ぽつんと一人でいると、どうも居心地が悪くなってしまう時があるんです。女々しいやつだとお思いでしょうが、女房と子供を亡くしてから、何だか妙に人目が気になるようになってしまって――一人ぼっちの、かわいそうなやつだという目で見られているような気になってしまって……」

たまおが首を横に振る。

「女々しいだなんて、そんなことはありませんよ。一人が身に染みるお気持ちは、よくわかります。わたしも亭主を亡くしてますから」

伝蔵の目に同情の色が浮かんだ。

「そうでしたか……」

伝蔵は同情の念を振り払うように明るく笑った。

「じゃあ気兼ねなく、お誘いします。どじょう鍋を一緒に食べてください」

「でも」

「決まりだ」

伝蔵は笑みを深めて、ちはるに顔を向けた。

「三人で食べましょう」

「いえ、あたしは」

とっさに、ちはるは言い訳をした。

「本板一人に仕込みをお願いしてしまいましたので、すぐに戻らなくてはなりません」

伝蔵は残念そうに眉尻を下げる。

「そうか、あんたは料理人だものなぁ」

「はい」

ちはるは、たまおに向き直った。

「あたしは先に帰ります。たまおさんは、どじょう鍋の店に伝蔵さんをご案内してさしあげてください。夕飯時までに戻れば、大丈夫なはずですから」

たまおの返事を待たずに、ちはるは東屋を出た。

逃げるように正燈寺をあとにして、日本橋までひたすら歩く。

朝日屋に戻ると、調理場に怜治が入っていた。たすきをかけて、いつもちはるが使う包丁を手にしている。

むっと眉間にしわを寄せて、ちはるは怜治を睨んだ。

「あんた、いったい何やってんの？」

怜治が「あぁん?」と唸りながら、ちはるを睨み返してくる。

「おまえの目は節穴か。見てわかんねえのかよ。おまえの代わりに仕込みをしてやってるんだろうが」

まな板の上では、葱が切られているところだった。

「へえ……綺麗なみじん切りになってる」

鍋の中を見れば、食べやすそうな大きさに切られた人参、南瓜《かぼちゃ》、さつま芋がたっぷりと煮込まれていた。

「おれさまが切った青物で作った煮物は、最高の出来だぜ」

「だって味つけは、慎介さんでしょう」

怜治は、ふんと鼻を鳴らした。

「おれがやってもよかったんだがよ。慎介のやつ、遠慮しやがった」

「当たり前でしょう」

怜治を軽くあしらって、ちはるは辺りを見回した。

「で、慎介さんは?」

「魚河岸《うおがし》に行ったぜ。まだ夕河岸が始まる前だってのによ。船が着いたら、すぐに見たい目当ての魚でもあるんじゃねえのか」

日本橋の魚河岸では、朝河岸の終了後に着いた魚を夕方に売っている。朝日屋から魚河岸までは、ほんの五町（約五五〇メートル）ほどの距離なので、朝でも夕方でも活きのいい魚が手に入りやすいのだ。

怜治が包丁を置いて、ちはるを見た。

「たまおと伝蔵はどうした」

「浅草へ、どじょうを食べにいきました」

正燈寺での経緯を話せば、怜治は小馬鹿にしたように「ふふん」と笑った。

「もったいねえなぁ。せっかく、おごってもらえたってのによぉ」

ちはるは、ふんと笑い返した。

「早く帰って、調理場に入りたかったんです。あたしは料理人ですから」

「食べ歩くのも、料理人の修業のうちなんじゃねえのか」

ちはるは、むっと唇を引き結んだ。

「しけた面してやがるのは、心の底じゃ、どじょう鍋を惜しんでいるからか？」

どきっとした。ちはるは慌てて口元をゆるめる。

「しけた面なんか」

「してるだろうがよ」

怜治がちはるの頰を、むにっとつねり上げた。

「痛い！　何すんのよっ」

腕を叩けば、怜治はにやりと笑って手を放す。ちはるは頬をさすった。

「悶々としたまま調理場に立ったって、ろくな仕事ができねえぞ。客が来る前に聞いてやるから、さっさと吐け」

ちはるは眉根を寄せた。

「吐けって――」

「面白くねえんだろ？」

ちはるは言葉に詰まった。

すっかり見抜かれている……。

観念して、ちはるは口を開いた。

「あたしは、やっぱり、よけいなことをしたのかな……お節介だったのかしら」

怜治は首をかしげる。

「で？」

ちはるは唇を尖らせた。

「そんな――『で？』って言われても――」

怜治は面倒くさそうに後ろ頭をかいた。

「お節介だったら、何なんだ。うっとうしいやつだと思われるのが、嫌なのか。伝蔵が紅葉の太枝で首をくくって死のうとしたほうが、自分が悪く思われるより、よかったのかよ。

死のうとする伝蔵を、恰好よく止めたかったのか」

ちはるの頭に、かっと血が上った。

「何それ——ひどい——」

「それが、おまえの本音だろう」

怜治の言葉が、ちはるの胸に突き刺さった。

あたしの本音——違う、そんなんじゃない——。

何事もなくてよかったと、ちはるは心底から思っている。

しかし同時に、やっぱり伝蔵のあとなんかつけなければよかったんじゃないかという思いがあるのも否めなかった。

「ほら見ろ。言い返せねえじゃねえか」

勝ち誇ったような怜治の声に、ちはるの胸はじくじくと痛んだ。

「おまえは、いったい、どういうつもりで伝蔵のあとをつけたんだ」

「どういうつもりって……」

ちはるは泣きべそをかいた。

「あたしは、ただ、伝蔵さんが心配だっただけで——」

「じゃあ、それでいいじゃねえか」

ちはるをさえぎる怜治の声が大きく響いた。

「おまえは、伝蔵が心配だった。だから、あとをついていった。何事もなく、伝蔵は念願の紅葉狩りをした。めでたし、めでたしじゃねえか。残念だったのは、紅葉が色づく時季には少しばかり早かったってことだけだ。違うか？」

ちはるは首を横に振った。

「違わない……」

「だろうよ。これ以上、おまえが悶々とする理由はあるか？」

ちはるは無言で首を横に振る。

「じゃあ、しゃきっとしな」

ぱしんと怜治に背中を叩かれた。

「痛いよ！」

と言ったものの、本当は、たいして痛くなかった。

階段から、綾人が下りてくる。

「ちはる、帰ってたんだね。昼飯は食べたかい？　念のためにと、慎介さんが握り飯を用意しておいてくれているよ」

ちはるは綾人を指差した。

「あんた、その恰好――」

綾人は女物の着物をまとっていた。玉簪を挿した潰《つぶ》し島田《しまだ》の髪は、鬘《かつら》か。

「もし、たまおさんの帰りが遅かったら、わたしが仲居をやれと、怜治さんが」

ちはるは怜治を見た。

「じゃあ下足番はどうするのよ」

「それも手配済みだぜ」

怜治が言い終わらぬうちに、兵衛が駆け込んできた。着流しを尻端折りにした、股引姿だ。たすきもかけている。

「あっ、ちはる！　それじゃ、たまおも帰っているのかい」

兵衛は残念そうな顔で、調理場の前に立った。

「せっかく張り切ってやってきたのに、わたしは用なしかい」

怜治が首を横に振る。

「帰ってきたのは、ちはるだけだ。たまおは、もう少しあとになると思うぜ」

兵衛はうきうきした表情になって、下足棚をじっと見つめた。

「何だか緊張するねえ。どの草履が誰の物か、ちゃんと覚えていられるだろうか」

そうこうしている間に、慎介が大きな桶を持って帰ってきた。

「おっ、ちはる、昼飯は食ったのか？」

慎介は心底から安堵したような笑みを浮かべて、調理場へ入ってくる。

「何の魚を買ってきたんですか？」

慎介は満面の笑みを浮かべて、桶の蓋を取る。

「戻《もど》り鰹《がつお》だ」

よく肥えた、立派な鰹が桶の中に入っていた。活きがよい証に、目が澄んでいる。傷も見当たらない。

ちはるは指で身を押してみた。ぐっと押し戻されるような触り心地だ。

「すごく身が締まっていますね」

慎介が嬉しそうにうなずいた。

「鰹といやぁ、みんな春の初鰹《はつがつお》をもてはやすがよ。秋の戻り鰹もいいもんだぜ」

春から夏にかけて日本近海を北上する鰹のうち、出始めの物を「初鰹」といい、秋になってから南下してくる鰹を「戻り鰹」という。

「たっぷり脂の乗った戻り鰹よりも、さっぱりした味の初鰹のほうが好きって者も多いが。今日は伝蔵さんに、ぜひ戻り鰹を食べていただきてえ」

慎介は桶の中の戻り鰹をしみじみと見つめた。

「明日になれば、伝蔵さんは小田原に帰っちまうが、またいつか江戸に来て、朝日屋に泊まってもらいたいじゃねえか」

ちはるは、じっと戻り鰹を見つめた。

伝蔵に戻り鰹を食べてもらいたくて、慎介は魚河岸まで行ったのか。

客のために、美味しい物を――。

料理人にとって、その心がすべてではなかったのか。

ちはるは握り固めた拳で、自分の腿《もも》をひとつ叩いた。

伝蔵のために、自分ができることは何だ。料理人として、いったい自分は何をすべきなのか――。

ちはるの耳に、怜治の言葉がよみがえってくる。

――何事もなく、伝蔵は念願の紅葉狩りをした。めでたし、めでたしじゃねえか。残念
だったのは、紅葉が色づく時季には少しばかり早かったたってことだけだ――。

調理台の上に置かれた青物が、ちはるの目に入る。人参、南瓜、さつま芋――煮物に使った残りだ。

ちはるは人参を手に取って、慎介に向き直った。

「お願いします。今日の煮物――伝蔵さんの分だけ、作り直させてください」

慎介が眉をひそめる。

「伝蔵さんの分だけってのは、どういうわけだ」

ちはるは人参を握る手に力を込めた。

「伝蔵さんに、赤い紅葉も見ていただきたいんです」

慎介は腕組みをして、ちはるを見下ろす。

「飾り切りか」

「はい。人参と、南瓜と、さつま芋で、器の中に紅葉林を作ります」

慎介は目を細めた。

「よし。やってみろ。料理は舌だけで味わうもんじゃねえ。目で味わうものでもあるんだ」

「はい！」

「昼飯を食ってねえなら、紅葉を作る前に腹ごしらえしときな」

入れ込み座敷の端で握り飯を食べていると、慎介が茶を淹れてくれた。

「思ったより早く帰ってきてくれて、本当によかったぜ。怜治さんの前で魚を下ろすと、うるせえからよ」

ちはるは入れ込み座敷の反対端に目をやった。怜治と兵衛が談笑している。

「あの人、魚を調理できねえんだ」

「えっ」

ちはるは怜治を凝視した。

「だって、さっき偉そうに調理場で包丁を握ってましたよ⁉」

慎介は人差し指を口に当てながら、小声を出す。

「青物なら問題ねえ。手先は器用なんだ」

「魚嫌いじゃありませんよね？」

慎介に合わせて、ちはるも小声を出した。

「今まで出した魚料理も残さず全部、綺麗に食べてるし――そうだ、釣りにだって行くでしょう」

慎介は肩をすくめた。

「皿に載った魚は料理で、まな板に載った魚は生き物なんだとよ」

「はあっ？」

「おめえが来る前は、怜治さんに調理場を手伝ってもらったこともあったんだがよ。そんな理屈をこねて、魚には包丁を向けようとしねえもんだから、あきらめたんだ」

ちはるは眉間にしわを寄せて、怜治と調理場を交互に見た。

「ひょっとして、あの人があたしを迎えにきたのって、自分が魚を下ろせないからですか？」

慎介がうなずく。ちはるは眉間のしわを深めた。

「あたしを救いにきたんじゃなくて、自分のためだったの？」

ちはるをなだめるように、慎介は笑った。

「怜治さんのため、ちはるのため、そして朝日屋のため――三方よしで、いいじゃねえか。おれも助かったから、四方よしかな。いや、客も喜んでくれりゃ、五方よしだ」

はっはっは、と慎介は笑う。ちはるは脱力した。確かに、反論の余地がない。

「さ、早く食っちまえ。夕膳の用意が間に合わなくなるぞ」

「はい」

かぶりついた握り飯の中には、梅干が入っている。

大口を開けて最後のひと口を頰張り、甘酸っぱさを飲み込んで、ちはるは調理場に立った。


夕膳の支度が整って、綾人が表の掛行燈に火を灯した。

食事処が開いた合図に、馴染み客となった近隣の者たちが入ってくる。

「おっ、何だい、今日は望月屋の若旦那が下足番かい」

「仲居は綾人か。たまおさんは、どうした」

兵衛が下足棚に草履を並べている間に、綾人が客を入れ込み座敷へ案内する。

「たまおさんは、もうすぐ来ますので。それまで、わたしでご勘弁くださいまし」

女姿をしている綾人の可憐な笑みに、客たちは機嫌よく笑い返している。

兵衛が多少もたついているものの、いつも通り朝日屋は回り始めた。

やがて表口から伝蔵が入ってきた。ほぼ同時に、たまおが勝手口から入ってくる。

「遅くなって、すみません」

頭を下げるたまおに、慎介が「おう」と声をかける。

「ちはるから話は聞いているから、大丈夫だぜ。伝蔵さんの膳を二階に運んでくれ」

「はい」

たまおは手早く、たすきと前掛をつけた。調理台の上に用意された膳を見て、目を見開く。

「まあ――何て綺麗なの」

たまおは潤んだ目をちはるに向けた。

「紅葉づくしね」

「はい。伝蔵さんにお出しする本日の夕膳は『紅葉の宴』です」

小皿に載せたのは、小松菜の煮浸し。

深めの器に盛ったのは、紅葉蛤――蛤のむき身を酒と醤油で煮て、乾煎《からい》りして揉んだ鰹節とあえた物である。

戻り鰹は、慎介が三枚に下ろして、腹と背に切り分けた。背のほうは軽くあぶって、焼霜造《やきしもづく》りに。腹のほうは焼かずに、皮をそのまま残した銀皮造《ぎんかわづく》りだ。辛子を添えて出す。

汁物は、人参汁――人参を使った汁ではなく、大根を人参切り（大きな輪切り）にして入れた味噌汁のことである。鰹のつみれも入れた。

これに白飯と、煮物がついて、一汁四菜である。

「この煮物は本当に綺麗ねえ」

たまおが目を細めて、うっとりと皿を見つめた。

人参、南瓜、さつま芋を紅葉の形に切って煮た物を、彩りよく盛り合わせた吹き寄せにしてある。人参の明るい赤、南瓜の黄、皮をつけたままのさつま芋の深みのある赤が、大地を思わせる焦げ茶色の皿の上で見栄えよく重なり合っている。

「まるで正燈寺の紅葉が一気に色づいたみたい……」

たまおが膳の上の箸にそっと触れる。

「箸紙に入れたのね。淡い曙色が綺麗だわ」

紙を折り畳んで作った、箸を差し入れる袋のような物である。

「慎介さんに案をいただいて、作ったんです。またいつか来てほしいという願いを込めて、慎介さんが戻り鰹を用意したように、あたしは箸紙に願いを込めました」

慎介は照れたように笑う。

「吉原では、遊女が馴染み客のために、名入りの箸紙を用意するっていうだろう。そんな話をちょいと思い出したもんでな」

ちはるは伝蔵の膳の隣に、もうふたつ膳を用意した。たまおが目を見開く。

「これは……」

「鰹節を使わずに、昆布出汁で作った物です」

ふたつの膳の上に載せたのは、小松菜の煮浸し、紅葉の煮物、白飯、戻り鰹のつみれを入れずに大根のみで作った人参汁である。伝蔵の膳よりも、量を少なくして盛りつけてある。

「亡くなったお二人の分も作ったのね」

「はい。親子三人で、紅葉の膳を楽しんでいただきたくて」

たまおは箸を手に取って、引っくり返した。

箸紙の裏を見れば、書いてあるのは、それぞれの名——「伝蔵」「おやす」「修蔵」である。

「三名さま分のお膳を、お部屋へお願いします」

たまおはそっと箸を膳の上に戻した。にじむ涙を払うようにまばたきをしてから、まっすぐに、ちはるの目を見つめる。

「お運びいたします」

ちはるはうなずいて、たまおに膳を託した。

みな忙しく立ち働いて、あっという間に時が過ぎていく。

入れ込み座敷へ料理を運ぶ合間に、たまおが調理場へやってきた。

「そろそろ伝蔵さんに食後のお菓子を持っていきたいんですけど」

「玲瓏《こおり》豆腐の用意ができてます」

絹ごし豆腐を寒天《かんてん》で包み込み、冷やし固めて、黒蜜をかけた物である。黒蜜ではなく、練り辛子や酢醤油で食べれば、菜になる。

盆の上にみっつ並べた玲瓏豆腐を見て、たまおが目を細めた。

「まあ……寒天の中の豆腐も、紅葉の形に切ってあるのね。やわらかい豆腐を細工するのは難しかったでしょう」

「それは慎介さんが型抜きしてくれたんです」

たまおに感嘆の目を向けられて、慎介は相好《そうごう》を崩した。

「ざっくりとした形になったが、紅葉に見えりゃ上等だ。今日は『紅葉の宴』だからよ。最後まで、紅葉にこだわらねえと」

ちはるは盆をたまおに手渡した。

「お願いします」

「はい、お運びいたします」

たまおが伝蔵のもとへ玲瓏豆腐を運んでいく。

ちはるは、ほうっと息をついた。

伝蔵が今日の料理に満足してくれたかはわからない。だが、料理人としてできることは精一杯やった。それだけで満ち足りた気持ちになれた。

しばらくして、たまおが歯を食い縛りながら戻ってきた。調理場の奥へ行き、入れ込み座敷から見えない場所で、たまおはうずくまる。

「どうしたんですか？」

歩み寄るちはるを見上げ、たまおは小さな嗚咽《おえつ》を漏らした。

「伝蔵さんが、ちはるちゃんと慎介さんに『ありがとう』って伝えてくれって——わたしにも、頭を下げてお礼を言ってくださったわ」

たまおは両手で顔を覆う。

「涙を流している伝蔵さんを見たら、わたしも泣けてきちゃって」

慎介が鍋に沸かしてあった湯を汲んで、たまおに差し出す。

「飲んで、落ち着け」

たまおは湯呑茶碗を受け取って、ごくりとひと口飲んだ。

熱さが腹に沁《し》みたのか、たまおはしばし黙り込む。

しゃがんだまま両手で湯呑茶碗を握りしめ、たまおは再びちはるを見上げた。

「ちはるちゃんが心配した通りよ。伝蔵さん、正燈寺の紅葉を見たら、もう死んでもいいかと思ってたんですって。わたしたちと正燈寺で会わなかったら、どうなっていたかわからなかったって」

「そんな……」

ちはるの脳裏に伝蔵の笑顔が浮かぶ。

「だって伝蔵さん、『まいったなあ』って笑ってたじゃないですか。だから、あたしは、よけいなことをしちゃったんだと思って――」

慎介が小声で唸る。

「表の声と、裏の声は、違ったんだろうよ」

たまおがうなずく。

「いつか親子三人で江戸見物をしようって約束を励みに、伝蔵さんは小田原の蒲鉾屋で働いていたんですって。叶わなかった約束を何とか果たそうと、子供が描いた親子三人の似姿を持って、一人で江戸へ来たものの、この旅が終わったらもう生きる意味がなくなってしまうんじゃないかと思っていたそうよ」

ちはるは貧乏長屋に一人暮らしていた時のことを思い出した。

夕凪亭を追い出され、両親を亡くして、金の工面《くめん》もできずにいた頃は、希望の光が見えずに毎日途方に暮れていた。

「女房子供が死んだのに、何のために毎日あくせく働くのか、わからなくなったそうよ。自分一人だけが生き残って、つらい――もう生きる甲斐が見い出せなくなったって――」

たまおは気を静めるように湯を飲んだ。

「日本橋に着いて、泊まるところを探していた時、近所の人がうちを勧めてくれたそうよ。『朝日屋は料理が美味くて、居心地がいい』って」

ちはるの胸が歓喜で震えた。

慎介を見れば、感極まって声も出ない様子だ。涙をごまかすように目線を揺らしている。

「正燈寺で死出《しで》の旅への気をそがれた伝蔵さんは、紅葉に彩られた夕膳に朝日屋の心づくしを見て、心を改めたそうよ。食べてくれる人のために、自分も心を込めて蒲鉾を作ろうって。今、ここから、生き直すんだって。そう思いながら、三人分のお膳を全部平らげたそうよ」

たまおに潤んだ目で見つめられ、ちはるは戸惑った。

「あたし……伝蔵さんの生き方を改めようだなんて、そんなたいそうなこと思って、紅葉の膳を考えたわけじゃないです」

すかさず慎介が「当たり前だ」と声を上げる。

「おれたちは、ただの料理人だ。客の生き方を左右できるなんて、そんな驕《おご》った考えを持つことは許されねえ」

「はい」

ちはるは背筋を正した。慎介がうなずく。

「だが、心の持ちようが変わるくらい料理を喜んでくださったのなら、それは本当に嬉しいことだ。ありがたいじゃねえか」

「はい」

ちはるは誇らしい気持ちで微笑んだ。慎介も満足そうな笑みを浮かべている。

たまおの嗚咽が再び響いた。慎介が「おいおい」と困り顔になる。

「何だよ、まだ涙が止まらねえのか」

「だって、わたしも本心をしゃべっていなかったんだもの……裏の声をしまっておくのが、つらくなっちゃったのよ」

ちはるに向かって、たまおは両手を合わせる。

「わたし、ちはるちゃんに『よけいなお節介が人を傷つけることもある』って言ったでしょう。あれは、自分の過去を思い出して言ったのよ」

たまおは喉を湿らせるように湯を飲んだ。

「うちの亭主が辻斬りに殺された夜――隣に住んでいた夫婦が大喧嘩をしたの。壁の薄い長屋だから、罵り合う声も、茶碗の割れる音も、全部丸聞こえよ。隣の亭主は捨て台詞を吐いて長屋を飛び出し、残されたおかみさんはずっと泣きわめいていたわ。おかみさんは身重でね。あんまり泣きわめいているから、体に障《さわ》るんじゃないかと、わたしは心配して――うちの亭主に『ここは一肌脱いで、隣の亭主をなだめて仲直りさせてやったらどうかしら』って言っちゃったのよ。『どうせ隣の亭主はいつもの居酒屋にいるだろうから、迎えにいっておやりなさいよ』って」

たまおはごくごくと湯を飲み干した。飲んだ湯がそのまま溢れ出たかのように、たまおの目から涙が流れる。

「しばらくして隣の亭主は戻ってきたわ。だけど、うちの亭主は戻ってこなかった。斬られて死んでいたところを、朝になってから棒手振が見つけたのよ」

慎介が湯のお代わりを差し出した。たまおは受け取って、また嗚咽を漏らす。湯呑茶碗を握る手が震え、中の湯がこぼれた。ちはるは手拭いでそっと、たまおの手を拭いてやる。

「わたしのお節介が、あの人を殺したようなものよ。隣の夫婦も、亭主の親兄弟も、みんな傷ついた。わたしが傷つけた」

「たまおさん、それは違う」

震えるたまおの手をぐっとつかんで、ちはるは強く言い切った。

「ご亭主を殺したのは辻斬りだよ。傷つけられたのは、たまおさんもでしょう⁉」

たまおは幼子のように口を「へ」の字に曲げた。

「でも、わたしのせいだって、あの人のおっかさんが」

「違うよ」

ちはるはまっすぐに、たまおの目を見た。

「誰かのせいにしたかっただけだよ。でも、たまおさんのせいじゃない。おっかさんだって本当はわかってるから」

たまおは歯を食い縛って、両手で口を押さえた。そうでもしなければ、大声で泣き叫んでしまいそうなのだろう。

「おい、おまえら、何やってんだ」

怜治が調理場を覗きにきた。しゃがみ込んで泣くたまおを見て、眉間にしわを寄せる。

「低い仕切りの向こうから、客が首を伸ばしてきたらどうする。朝日屋の調理場は修羅場《しゅらば》でございと開き直るつもりか」

「申し訳ございません」

慎介が頭を下げて、勝手口を目で指す。ちはるはうなずいて、たまおを立たせた。しっかりと支えながら、たまおを庭の井戸端へ連れ出す。

たまおは泣きながら、ちらりと勝手口を振り返った。

「大丈夫。今日は綾人も仲居で、兵衛さんが下足番だから」

たまおはうなずいて、月明りの下で泣き続けた。

「何だ、美談だったのかよ。たまおが泣いてたから、てっきり修羅場かと思っちまったぜ」

入れ込み座敷で賄を食べながら、怜治が残念そうな声を上げた。

「客にありがたがられたとわかってりゃ、入れ込み座敷まで響き渡るように、伝蔵からの褒め言葉をくり返したのによぉ」

ちはるは横目で怜治を睨みながら、煮物をばくりと頬張った。客に出した残りである。伝蔵に出した紅葉の飾り切りのあまり部分も、寄せ集めて煮た。

兵衛が苦笑しながら握り飯を頬張る。

「だけど初めての泊まり客に何事もなくて、本当によかったよ。朝日屋を、死出の旅路の最後の休み処にされていたら、たまらなかったねえ。朝日屋のもてなしに心が動かされたってんだから、たいしたもんだ」

ふんと鼻を鳴らして、怜治は天井を睨んだ。

「伝蔵をこの世に引き止められねえようじゃ、先が思いやられるぜ。この江戸で、料理宿として生き残っていく見込みがねえと言われているようなもんじゃねえか」

兵衛は肩をすくめる。

「そんな強気なことを言っている怜治さんが一番、安堵しているんじゃないのかい」

「馬鹿を言え」

話を切り上げるように、怜治は人参汁の具を口に入れた。

慎介が調理場から酒と肴《さかな》を持ってくる。

「灘《なだ》の下り酒だ。固《かた》めの杯《さかずき》ってわけじゃねえが、一杯どうです」

それぞれの空いた湯呑茶碗に酒を注いで、慎介は一同を見回した。みな居住まいを正して、湯呑茶碗を掲げ持つ。

慎介に目で促され、怜治が口を開いた。

「泊まり客が来て、朝日屋はやっと旅籠として始まった。おれたちにとっても、今ここが、新たな出立《しゅったつ》の時だぜ」

怜治は一同を端から順に見た。

兵衛、綾人、たまお、ちはる、慎介――そして怜治が並んで、輪になっている。

「門出の酒だ。飲みやがれ」

みな一斉に口をつけた。

濃い芳醇《ほうじゅん》な香りが、ちはるの鼻を舐めるようにくすぐる。ちはるはごくりと、ひと口飲んだ。清酒《せいしゅ》がするりと喉を伝って、かっと熱く腹に落ちた。ほのかな甘い香りが鼻から抜けていく。

「っあぁ――」

思わず声を上げながら、ちはるはぐびぐびっと酒を飲んだ。あっという間に体が火照《ほて》り、よけいな力が抜けていく。

「気持ちいぃ」

ちはるは酒を飲み干した。

「お代わり！」

湯呑茶碗を差し出せば、慎介がうろたえたように酒の入ったちろりを抱える。

「おめえ、これは水じゃねえんだぜ」

「わかってますよぉ、そんなこと」

ちはるは、けらけらと笑った。

「こんな辛口の水はありませんっ」

慎介は頭を抱える。

「しくじった。酒を入れ過ぎたぜ。だけど一気に飲んじまうとは思わなかったからなぁ」

ちはるは慎介が持ってきた肴を指差した。深めの皿に、赤唐辛子のような大きさの、紅色の魚の切り身が並んでいる。

「それは何ですか？」

「乾鮭《からざけ》を酒に浸した物だ」

乾鮭とは、鮭のはらわたを取りのぞいて日に干し、乾燥させた物である。

「するめを酒に浸けておいて食ってもいいんだがよ」

ちはるは乾鮭をひとつ、つまんだ。

「鮭を酒に――言葉遊びか――ふっ、ふふふ」

たまらなく、おかしくなった。

乾鮭の酒浸しを口に入れて嚙めば、清酒が染みた鮭の旨みが口の中に広がる。

「んーっ、鮭と酒の味が混ざり合ってるぅ」

めでたい気分だ。

「あ鮭、あ酒、あ鮭、酒、鮭、酒ぇ」

手拍子を取りながら、節をつけて歌ってしまう。

怜治に、ぎろりと睨まれた。

「おいっ、誰か、その馬鹿を黙らせろ！」

ちはるは眉を吊り上げて、怜治を睨み返した。

「うるせえ！」

怜治のこめかみに青筋が立った。

「何だと⁉ うるせえのはどっちだ！」

「そっちだっ」

叫んだら、慎介に口をふさがれた。

「やめろ。二階にまで聞こえるぞ。伝蔵さんがゆっくり休めねえだろう」

兵衛がちはるの顔の前で手を振った。

「駄目だ。完全に目が据わっているよ」

慎介に口をふさがれながら、ちはるは首を横に振った。

たまおと綾人が「あ」と声を上げて階段のほうを見る。慎介の手から逃れてそちらに顔を向ければ、伝蔵が二階から下りてくるところだった。

たまおが立ち上がる。

「お騒がせして、申し訳ございません。お茶か何かご入り用ですか？」

伝蔵は笑いながら手を振った。

「楽しそうな声が聞こえたもんでね」

床に置かれてあったちろりを怜治が掲げ持った。

「おまえさん、いける口かい」

伝蔵が後ろ頭をかく。慎介が新しい湯吞茶碗を取りにいった。

車座に座り直して、みなで乾杯する。

とっぷりと更けた夜が大地の向こうに沈んでいくまで、新たな門出の宴は続いた。


柔らかな光を障子越しに感じて、ちはるは目を開けた。

朝だ。

身を起こせば、調理場から庭へ延びるように増築された四畳半の自室で布団に入っていた。隣には、たまおが寝ている。夕べは、ちはるの部屋に泊まったのだった。

そっと起き出して顔を洗い、調理場へ行くと、すでに出汁の香りが漂っていた。

「おはようございます」

鍋いっぱいの湯を覗いていた慎介が振り返る。

「おう、起きたか。頭痛や吐き気はねえか？」

「大丈夫です。ぴんぴんしてます」

差し出された湯を飲めば、一日の始まりという感が増す。

「おめえ、歌い上戸《じょうご》だったんだな」

ちはるは首をかしげた。

「覚えてねえのか」

「覚えてますけど……」

しゃべる時に何でもかんでも節をつけて、拍子を取っていたような気もしないではない。

慎介も湯を飲んで、くすりと笑みを漏らした。

「おめえが歌って、綾人が踊って——久しぶりの馬鹿騒ぎだったなあ」

ちはるは眉間にしわを寄せる。

「綾人、踊ってましたっけ」

自分が歌っていたことしか覚えていないと言えば、慎介は呆れ返ったように首を横に振った。

「おめえは茶碗一杯より多く飲んじゃいけねえや」

茶碗一杯より多く飲んだところで、歌い方が激しくなったのだという。

「はあ……」

「だけど、なかなかいい声だったぜ」

怜治と綾人が二階から下りてきた。

「飯はまだか」

「わたしはあんまり食べられそうにありません」

慎介は天井を見上げた。

「伝蔵さんは食べられるかな——朝は粥にしておくか」

ちはるは慎介とともに膳の用意をした。

しらすおろし、納豆、卵焼き、鯖《さば》の塩焼き、梅干を添えた白粥、青物をたっぷり入れた集汁《あつめじる》だ。食後の水菓子《みずがし》には、甲州《こうしゅう》ぶどうを用意してある。

「どれだけ食べられるかわからねえから、どれもみんな少しずつよそえ。足りなかったら、お代わりしてもらえばいい」

「はい」

白粥を茶碗によそえば、米の甘いにおいがふわっと優しく、ちはるの鼻先をくすぐった。

食べれば、きっと、ほっとするだろう。

朝日屋の朝膳が、伝蔵の心身を癒してくれればいいと思う。

たまおが慌て顔で調理場に駆け込んできた。

「遅くなって、すみません」

怜治がふふんと、たまおを見やる。

「すっきりした顔してんじゃねえか」

たまおはにっこり笑った。

「おかげさまで。たっぷり寝かせてもらいましたから」

たまおは伝蔵の朝膳を手にした。

「お運びいたします」

調理場を出ようとしたところへ、伝蔵が階段を下りてくる。

「こっちで食べさせてもらっちゃいけませんか」

入れ込み座敷と、たまおが手にした膳を交互に見て、伝蔵は目を細めた。

「夕べの名残も一緒に味わいてえんです。楽しかったから」

空いている客室に泊まった兵衛も起きてきて、七人で一緒に朝食を取った。

明り取りの窓から差し込む淡い光が、車座になった一同を照らす。

粥や汁から立ち昇る湯気が、朝日の中に溶けた。

箸が茶碗に当たる小さな音や、誰かが身じろぎした時の衣ずれの音が、入れ込み座敷に静かに響く。

新しい日の始まりは、いつもこんなふうに穏やかであってほしいと、ちはるは思った。入れ込み座敷に差し込む朝の光は、食べ進めるにつれて刻々と力強く、明るくなっていく。

「伝蔵さんよ」

食べ終えた怜治が懐から何やら取り出した。

「また来てくんな」

怜治が伝蔵に差し出したのは、蛤の殻の半分だった。

「夕べの膳の、紅葉蛤に使ったやつさ。もう半分は、朝日屋で大事に取っておくからよ」

対《つい》になった蛤の貝殻は、他の貝殻と決して合わぬという。ゆえに一夫一妻の象徴とされ、婚礼の料理に蛤の吸い物が出されるのだ。

また、蛤の殻は貝合《かいあ》わせにも使われる。貝合わせは、左右に分けた貝殻の片方を床に並べ、手元に残したもう片方と一致する、対の貝殻を探し当てる遊びである。

「つまり、あんたは一人じゃねえってことさ。あんたの居場所は、ちゃあんとここにもあるんだぜ」

伝蔵は目を潤ませてうなずいた。懐から、淡い曙色の紙を取り出す。

「夕べの箸紙みっつも、いただいて帰ります。お守りにして、蒲鉾作りに励みますよ」

ちはるの胸に、じわりと温かい熱が広がった。

居住まいを正して、ちはるは伝蔵に向かい合う。

「きっと、必ず、またお越しください。ずっと、ずっと、お待ちしておりますので」

伝蔵は大きくうなずいた。

「ありがとう。また来るよ」

朝膳を平らげ、身支度を整えた伝蔵は、高く昇った日の中へ向かって力強い一歩を踏み出していった。

みなで並んで見送れば、ちはるの胸に感慨が込み上げる。

旅籠の朝は、別れの朝――けれど、それは決して悲しい別れではない。

旅人は朝日屋から、新たな日々へ出発していくのだから。

「さてと」

怜治が大きく伸びをした。

「おれは大川に釣りにでも行ってくるかな。昼の賄は、かれいの煮つけでも作ってもらうぜ」

かれいは江戸で上魚とされている。

「売れるほど釣ってくるからよ」

釣り竿を手に、怜治は高笑いしながら出かけていった。

一同は顔を見合わせた。誰一人として、期待していない様子だ。

慎介が手を打ち鳴らす。

「さあ、仕事に戻るぞ」

兵衛は自宅へ帰っていった。

綾人は下足棚を拭き、たまおは入れ込み座敷の床を拭く。

ちはるは調理場に入って、八つ頭《やつがしら》の皮をむいた。

開け放してある勝手口から、心地よい風が入ってくる。

調理場の中をぐるりと駆け巡った風は、出汁の香りを抱きかかえるように連れて、表口のほうへ抜けていった。

「おっ、美味そうなにおいがするなあ」

通りから聞こえた声に、ちはるは顔を上げた。

曙色の暖簾が風で、ひらりと軽やかに揺れていた。

本書を執筆するにあたり、左記の方々に多大なる協力をいただきました。

福田浩先生（江戸料理研究家）

ほしひかる氏（特定非営利活動法人 江戸ソバリエ協会理事長）

大石学先生（東京学芸大学名誉教授、時代考証学会会長）

この場を借りて、心より御礼を申し上げます。

著者

本作は書き下ろしです

中公文庫

まんぷく旅籠《はたご》 朝日屋《あさひや》

ぱりとろ秋《あき》の包《つつ》み揚《あ》げ

2020年 8 月25日　初版発行

著　者　高《たか》田《だ》 在《あり》子《こ》

発行者　松 田 陽 三

発行所　中央公論新社

〒100-8152　東京都千代田区大手町 1-7-1

電話　販売　03-5299-1730　編集　03-5299-1890

URL http://www.chuko.co.jp/

ＤＴＰ　嵐下英治

印　刷　三晃印刷

製　本　小泉製本

Published by CHUOKORON-SHINSHA, INC.

Printed in Japan　ISBN978-4-12-206921-3 C1193

中公文庫既刊より

あ-59-3
五郎治《ごろうじ》殿《どの》御始末《おしまつ》　浅田次郎
武士という職業が消えた明治維新期、最後の御役目を終えた老武士が下した、己の身の始末とは。時代の境目を懸命に生きた人々を描く六篇。〈解説〉磯田道史
205958-0

あ-59-4
一　路（上）　浅田次郎
父の死により江戸から国元に帰参した小野寺一路は、参勤道中御供頭のお役目を仰せつかる。家伝の行軍録を唯一の手がかりに、いざ江戸見参の道中へ！

206100-2

あ-59-5
一　路（下）　浅田次郎
蒔坂左京大夫一行の前に、中山道の難所、御家乗っ取りの企てなど難題が降りかかる。果たして、行列は期日通りに江戸へ到着できるのか――。〈解説〉檀　ふみ
206101-9

あ-59-6
浅田次郎と歩く中山道　『一路』の舞台をたずねて　浅田次郎
中山道の古き良き街道風景や旅籠の情緒、豊かな食文化などを時代小説『一路』の世界とともに紹介します。いざ、浅田次郎を唸らせた中山道の旅へ！
206138-5

あ-83-1
闇医者おゑん秘録帖　あさのあつこ
「闇医者」おゑんが住む、竹林のしもた屋。江戸の女たちにとって、そこは最後の駆け込み寺だった――。女たちの再生の物語。〈解説〉吉田伸子
206202-3

あ-83-2
闇医者おゑん秘録帖　花冷えて　あさのあつこ
子堕ろしを請け負う「闇医者」おゑんのもとには、今日も事情を抱えた女たちがやってくる。「診察」は、やがて「事件」に発展し……。好評シリーズ第二弾。
206668-7

き-37-1
浮世女房洒落日記　木内　昇
お江戸は神田の小間物屋、女房・お葛は二十七。あっけらかんと可笑しくて、しみじみ愛しい、市井の女房が本音でつづる日々の記録。〈解説〉堀江敏幸
205560-5

各書目の下段の数字はISBNコードです。978-4-12が省略してあります。

き-37-2
よこまち余話　木内　昇
ここは、「この世」の境が溶け出す場所――ある秘密を抱えた路地を舞台に、お針子の齣江と長屋の住人たちが繰り広げる、追憶とはじまりの物語。
206734-9

す-25-18
手習重兵衛　母　恋　い　鈴木　英治
侍を捨てた興津重兵衛は、白金村で手習所を再開した。村名主の娘おそのを妻に迎えるはずだったのが、重兵衛を仇と思いこんだ女と同居する羽目に……。
205209-3

す-25-19
手習重兵衛　夕映え橋　鈴木　英治
ついに重兵衛がおそのに求婚。その余韻も冷めぬまま、二人は堀井道場に左馬助を訪ね、そこで目にした一振りの刀に魅了される。風田宗則作の名刀だった。
205239-0

す-25-20
手習重兵衛　隠し子の宿　鈴木　英治
おそのと婚約した重兵衛だったが、直後、朋友の作之助と吉原に行ったことが判明。さらに、品川の女郎宿に通っていると噂され……。許嫁の誤解はとけるのか？
205256-7

す-25-21
手習重兵衛　道連れの文《ふみ》　鈴木　英治
婚約を母に報告するため、おそのを伴い諏訪へと旅立った重兵衛。道中知り合った一人旅の腰元ふうの女から、甲府勤番支配宛の密書を託される。文庫書き下ろし。
205337-3

す-25-22
手習重兵衛　黒い薬売り　鈴木　英治
故郷の諏訪に帰った重兵衛。ところが、実家の興津家では当主・輔之進の妻と侍女が行方知れずに。一方江戸では、重兵衛の留守に、怪しい薬売りが住み着いていた。
205490-5

す-25-23
手習重兵衛　祝　い　酒　鈴木　英治
甲州街道で狙撃された重兵衛。なぜ狙われたのか？　江戸の手習所に住み着いた薬売りとの関係は？　そして重兵衛の生死は？　シリーズ完結。〈解説〉細谷正充
205544-5

す-25-27
手習重兵衛　闇討ち斬　新装版　鈴木　英治
江戸白金で行き倒れとなった重兵衛は、手習師匠・宗太夫に助けられ居候となったが……。凄腕で男前の快男児が謎を斬る時代小説シリーズ第一弾。
206312-9

各書目の下段の数字はISBNコードです。978－4－12が省略してあります。

す-25-28
手習重兵衛 梵鐘 新装版
鈴木英治
手習子のお美代が消えた⁉ 行方を捜す重兵衛だったが……（「梵鐘」より）。趣向を凝らした四篇の連作が織りなす、人気シリーズ第二弾。
206331-0

す-25-29
手習重兵衛 暁闇 新装版
鈴木英治
旅姿の侍が内藤新宿で殺された。同心の河上が探索を進めると、重兵衛の住む白金村へ向かう途中だったらしいと分かったが……。人気シリーズ第三弾。
206359-4

す-25-30
手習重兵衛 刃舞《やいばまい》 新装版
鈴木英治
親友と弟の仇である妖剣の遣い手・遠藤恒之助を倒すため、新たな師のもとで〈人斬りの剣〉の稽古に励む重兵衛だったが……。人気シリーズ第四弾。
206394-5

す-25-31
手習重兵衛 道中霧 新装版
鈴木英治
親友殺しの嫌疑が晴れ、久方ぶりに故郷の諏訪へ帰れることとなった重兵衛。母との再会に胸高鳴らせる彼を、妖剣使いの仇敵・遠藤恒之助と忍びたちが追う。
206417-1

す-25-32
手習重兵衛 天狗変 新装版
鈴木英治
重兵衛を悩ませる諏訪忍びの背後には、三十年ごしの因縁が――家中を揺るがす事態に、重兵衛、左馬助、惣三郎らが立ち向かう。人気シリーズ、第一部完結。
206439-3

す-25-33
江戸の雷神
鈴木英治
その勇猛さで「江戸の雷神」と呼ばれる火付盗賊改役の伊香雷蔵は、府内を騒がす辻斬り、押し込み、盗賊らを追うが……。痛快時代小説シリーズ開幕！
206658-8

や-49-1
菜種晴《なたねば》れ
山本一力
五歳にして深川の油問屋へ養女に迎えられた菜種農家の娘。その絶品のてんぷらは江戸の人々をうならせる。いくつもの悲しみを乗り越えた先に、彼女が見たものとは。
205450-9

や-49-2
まねき通り十二景
山本一力
頑固親父にしっかり女房、ガキ大将に祭好き……お江戸深川冬木町、涙と笑いで賑わう毎日。著者自ら「格別に好きな一作」と推す、じんわり人情物語。
205730-2